O conde e o passarinho
& *Morro* do Isolamento

Outras obras do autor publicadas pela Editora Record

Ai de ti, Copacabana
As boas coisas da vida
A borboleta amarela
Um cartão em Paris
Casa dos Braga
O conde e o passarinho
Crônicas da guerra na Itália
O homem rouco
Livro de versos
1939 – Um episódio em Porto Alegre: uma fada no front
Pequena antologia do Braga
Recado de primavera
A traição das elegantes
Um pé de milho
O verão e as mulheres

Rubem BRAGA

O conde e o passarinho & *Morro* do Isolamento

EDITORA RECORD
RIO DE JANEIRO • SÃO PAULO
2002

CIP-Brasil. Catalogação-na-fonte
Sindicato Nacional dos Editores de Livros, RJ.

B795c Braga, Rubem, 1913-1990
O conde e o passarinho / Rubem Braga. - Rio de Janeiro: Record, 2002.

Coletânea feita pelo autor dos seus dois primeiros livros, O Conde e o Passarinho, de 1936, e Morro do Isolamento, de 1944.
ISBN 85-01-06387-8

1. Crônica brasileira. I. Título.

02-1264 CDD - 869.98
CDU - 869.0(81)-8

Capa: Rachel Braga

Impresso no Brasil

ISBN 85-01-06387-8

PEDIDOS PELO REEMBOLSO POSTAL
Caixa Postal 23.052
Rio de Janeiro, RJ – 20922-970

EDITORA AFILIADA

ESTE VOLUME

Este volume reúne meus dois primeiros livros, *O conde e o passarinho*, de 1936, e *Morro do Isolamento*, de 1944; o primeiro publicado por José Olympio com uma capa de Santa Rosa, o segundo impresso por uma editora natimorta que não chegou a distribuí-lo e vendeu a edição à Brasiliense, que o lançou com uma capa nova de Clovis Graciano.

A rigor não suprimi nenhuma crônica. Do *conde* tirei apenas o prefácio e a última composição, que era mais um artigo. O mesmo poderia dizer de quatro outras, publicadas na *Folha da Tarde* de Porto Alegre, que risquei do segundo livro.

Cortei também quatro poemas que passaram a fazer parte de meu *Livro de versos* publicado em 1980 pelas Edições Pirata, do Recife.

Resisti à tentação de alterar o texto das crônicas ora reeditadas. Elas sofreram apenas uma revisão ortográfica indispensável, mesmo porque não eram crônicas, eram "chronicas"!

SUMÁRIO

O CONDE E O PASSARINHO

Como se Fora um Coração Postiço

Nasceu, na doce Budapeste, um menino com o coração fora do peito. Porém — diz um Dr. Mereje — não foi o primeiro. Em São Paulo, há sete anos, nasceu também uma criança assim. "Tinha o coração fora do peito, como se fora um coração postiço."

Como se fora um coração postiço... O menino paulista viveu quatro horas. Vamos supor que tenha nascido às cinco horas. Cinco horas! Cinco horas! Um meu amigo, por nome Carlos, diria:

— ...a hora em que os bares se fecham e todas as virtudes se negam...

Madrugada paulista. Boceja na rua o último cidadão que passou a noite inteira fazendo esforço para ser boêmio. Há uma esperança de bonde em todos os postes. Os sinais das esquinas — vermelhos, amarelos, verdes — verdes, amarelos, vermelhos — borram o ar de amarelo, de verde, de vermelho. Olhos inquietos da madrugada. Frio. Um homem qualquer, parado por acaso no Viaduto do Chá, contempla lá embaixo umas pobres árvores que ninguém nunca jamais contemplou. Humildes pés de manacá, lá embaixo. Pouquinhas flores roxas e brancas. Humildes manacás, em fila, pequenos, tristes, artificiais. As esquinas piscam. O olho vermelho do sinal sonolento, tonto na cerração, pede um poema que ninguém faz. Apitos lá longe. Passam homens de cara lavada, pobres, com embrulhos de jornais debaixo do braço. Esta velha mulher que vai andando pensa em outras madrugadas. Nasceu, em uma casa distante, em um subúrbio adormecido, um menino com o coração fora do peito. Ainda é noite dentro do quarto fechado, abafado, com a lâmpada acesa, gente suada. Menino do coração fora do peito, você devia vir cá fora receber o beijo da madrugada.

Seis horas. O coração fora do peito bate docemente. Sete horas — o coração bate... Oito horas — que sol claro, que barulho na rua! — o coração bate...

Nove horas — morreu o menino do coração fora do peito. Fez bem em morrer, menino. O Dr. Mereje resmunga: "Filho de pais alcoólatras e sifilíticos..." Deixe falar o Dr. Mereje. Ele é um médico, você é o menino do coração fora do peito. Está morto. Os "pais alcoólatras e sifilíticos" fazem o enterro banal do anjinho suburbano. Mas que anjinho engraçado! — diz Nossa Senhora da Penha. O anjinho está no céu. Está no limbo, com o coração fora do peito. Os outros anjinhos olham espantados. O que é isso, seu paulista? Mas o menino do coração fora do peito está se rindo. Não responde nada. Podia contar a sua história: "o Dr. Mereje disse que..." — mas não conta. Está rindo, mas está triste. Os anjinhos todos querem saber. Então o menino diz:

— Ora, pinhões! Eu nasci com o coração fora do peito. Queria que ele batesse ao ar livre, ao sol, à chuva. Queria que ele batesse livre, bem na vista de toda a gente, dos homens, das moças. Queria que ele vivesse à luz, ao vento, que batesse a descoberto, fora da prisão, da escuridão do peito. Que batesse como uma rosa que o vento balança...

Os anjinhos todos do limbo perguntaram:

— Mas então, paulistinha do coração fora do peito, pra que é que você foi morrer?

O anjinho respondeu:

— Eu vi que não tinha jeito. Lá embaixo todo mundo carrega o coração dentro do peito. Bem escondido, no escuro, com paletó, colete, camisa, pele, ossos, carne cobrindo. O coração trabalha sem ninguém ver. Se ele ficar fora do peito é logo ferido e morto, não tem defesa.

Os anjinhos todos do limbo estavam com os olhos espantados. O paulistinha foi falando:

— E às vezes, minha gente, tem paletó, colete, camisa, pele, ossos, carne, e no fim disso tudo, lá no fundo do peito, no escuro, não tem nada, não tem coração nenhum... E quando eu nasci, o Dr. Mereje olhou meu coração livre, batendo, feito uma rosa que balança ao vento, e disse, sem saber o que dizia: "parece um coração postiço". Os homens todos, minha gente, são assim como o Dr. Mereje.

Os anjinhos estavam cada vez mais espantados. Pouco depois começaram a brincar de bandido e mocinho de cinema e aí, foi, acabou a história. Porém o menino estava aborrecido, foi dormir. Até agora, ele está dormindo. Deixa o anjinho dormir sono sossegado, Dr. Mereje!

São Paulo, novembro, 1933.

Fifi

Estrela de cinema Fifi Dorsay contraiu núpcias com o Sr. Maurício Hill, filho de abastado industrial de Chicago. A cerimônia realizou-se na Igreja de São Vítor, em Hollywood, depois de um "ensaio de lua-de-mel" de três semanas, que, segundo declarações da própria atriz, deu "resultados plenamente satisfatórios".

A minha posição diante de Hollywood é apenas a de um inconsolável basbaque. E Fifi me alegra. Wilde amava os poetas medíocres, mas, naturalmente, para efeito de paradoxo. Eu uso apenas três poetas, todos de primeira água. Um deles é Jesus Cristo, e os outros dois são Sacco e Vanzetti. Fora deste detalhe, sou um apaixonado da mediocridade. Gosto de filé com fritas e de chope, aprecio os bondes, as gravatinhas-borboletas, as pensões familiares e vários produtos nacionais. Este é o meu mundo, e, se não o amasse, já teria me suicidado, porque não tenho forças para subir nem coragem para descer.

Fifi é medíocre, dessa mediocridade que é a fortuna de Henry Ford, Getúlio Vargas e outros artistas pan-americanos. Perdão, Fifi, se não posso amar-te. Apenas te venero. Veneração sem desejo nem arrependimento, sem cuidados e sem crises. Eu te venero como o dinheiro que recebo no fim do mês, como a cadeira onde me sento para escrever, o garçom do restaurante que me alimenta, a navalha que me faz a barba, a folhinha onde conto os dias e o bar onde os esqueço.

Se me encontrasse contigo não providenciaria um táxi nem beijaria a tua mão. Seria inútil e ridículo. Jamais te acostumarias com a minha vida. Havias de querer uma vitrola no apartamento, porque não sabes que eu só amo as vitrolas quando me encosto, para ouvir um samba, à porta de uma casa de música. Podias ter o capricho de uma pequena biblioteca elegante, discreta e ornamental, porque não sabes que só amo os livros quando os leio no bonde ou na mesa de trabalho, entre um sanduíche e um título de telegrama. Jamais me entenderias, Fifi, por culpa minha e dos meus vencimentos. Nossa *liaison* seria um filmezinho banal, sem um *gag* a Chaplin e sem um *hokum* a Dietrich.

Poderias querer um ensaio de lua-de-mel, porque não sabes que eu só amo o amor quando ele vem sem *démarches* e sem intenções, a preços módicos, na rua de qualquer madrugada, ou no meio de uma festinha familiar, entre um tango mal dançado e uma frase sobre o calor. Eu acabaria me enforcando com uma gravatinha-borboleta, dessas de 1$600, e tu irias ao enterro de mau humor, e acharias lastimável. Perdão, Fifi.

São Paulo, dezembro, 1933.

Rumba

"Mani"...

Ouvi novamente essa rumba já velha em um *short* magnífico, onde uma tresloucada e perfeita bailarina saltava diante de um *jazz* alucinado. *Mani*... A gente carece meditar bastante nessa música e em todas essas músicas que a pobre Cuba vai exportando com mais proveito que o açúcar de suas usinas. Oh, a Pérola das Antilhas! Havana, charutos de Havana, ruas álacres de Havana, desperdícios dos governos, palácios, cassinos de Havana. Os dólares rolam sobre as *carreteras* deslumbrantes, os embaixadores são odiados, o povo grita e mata, as revoluções rebentam, como flores rubras e tropicais. *Mani*... A rumba continua. E é uma rumba feita de sangue e de ideais desvairados, onde os sargentos viram generais, as greves estalam e de repente não há água, não há luz, e as multidões morenas começam a marchar sob as fuzilarias sem explicação. Então se afirma que dois navios de guerra encostaram ao porto com mil fuzileiros navais, e talvez os rebeldes inesperados desembarquem no meio da noite. O governo toma medidas enérgicas, envia tropas, proíbe, declara, proclama, foge, e as tropas vão e voltam, se encontram, se matam. Os cartazes trucidam os plutocratas, as metralhadoras alvejam a emenda Platt, a Junta se reúne, os operários se revoltam, as guarnições se desmantelam e há segredos terríveis que nunca serão revelados. *Mani...* Um padre apareceu assassinado, o terrorismo irrompe, mas às duas horas da madrugada se verifica que está reinando completa paz, enquanto um avião bombardeia não se sabe onde. Combina-se um decreto no Grande Hotel Nacional mandando fechar a Universidade, mas não se pode, porque os estudantes estão lá dentro atirando heroicamente. Então se reabre a Universidade, mas os estudantes estão nas trincheiras dos canaviais e os operários trucidam os mercenários, os jornais empastelados ressurgem e os telefones são cortados.

No entanto, aquela bailarina baila, está dançando demasiado viva e sensual, os seus braços são cobras sob as palmeiras que farfalham, nas suas veias corre um sangue que jamais deveria ser derramado, e o seu corpo moreno jamais deveria ficar imóvel. Ela dança, e de seus cabelos assanhados sai o perfume dos ungüentos violentos e seus lábios me parecem tão vermelhos que o sangue estala sob a mucosa fina. Ainda bem, meu irmão, que nesta rumba não temos sossego para olhar bem seus olhos que talvez nos dissessem a verdade sobre os abismos indizíveis da ternura e do sonho. E ainda bem que ela não veio toda nua, porque a própria rumba perderia o controle de seu corpo e de suas pernas indígenas e alucinantes e de seus pés que são asas de fogo bronzeado bailando sobre o chão heróico. Ainda bem que ainda temos tamanhas esperanças de tomar parte em milhares de revoluções.

São Paulo, janeiro, 1934.

Cuspir

Theodoro Kempers é filósofo por necessidade profissional. Os filósofos, em geral, cospem. Filosofar é, antes de tudo, cuspir. Theodoro Kempers tem uma função obscura e proeminente na família dos trabalhadores dos Diários Associados. Cidadão holandês, de cara vermelha, olhos alcoólicos, *pince-nez* doutoral e cabeleira comunista, Theodoro Kempers cospe. A culpa não é sua. O destino fez de Theodoro Kempers chefe da seção de gravura dos Diários paulistas. Sabeis, meu caro doutor Getúlio Vargas, o que é um chefe de seção de gravura? É um homem que, por meio da magia violenta dos ácidos e dos metais, pode tornar vossa excelência orelhudo como um burro, gordo como um suíno, negro como um urubu, barbado como um bode, trombudo como um elefante. Ele pode destruir, com um só golpe, o sorriso cândido que constantemente visita os lábios de vossa excelência. Ele é, em resumo, o diretor das caras. Padres, declamadoras, assassinos, estadistas, almirantes, poetas, todos os bichos da vaidosa fauna humana passam sob as lunetas de Theodoro Kempers. Eis por que Theodoro Kempers aprendeu a cuspir. A vida está cheia de clichês, a vida é uma coleção de clichês, e Theodoro Kempers é o Criador dos Clichês.

No dia 29 do mês corrente, ele cuspiu. Cuspiu na terra maldita, povoada de clichês ridículos. O glorioso e sagrado asfalto bandeirante não reagiu. Mas — ai! — uma pequenina partícula da saliva do patrício da rainha Guilhermina pousou sobre o pára-lama de um automóvel que passava. O automóvel parou, e dele saltou nada menos que uma autoridade policial. Nada menos que uma autoridade — tremei, ó mundos! — da Delegacia de Ordem Política. Theodoro Kempers foi preso e esbofeteado até perder os sentidos.

Horrível pecado cometeste, meu companheiro Theodoro Kempers! Um automóvel da polícia é um animal sagrado, como o íbis e o elefante branco. Nós outros, pedestres e populares, devemos venerá-lo. Respiremos a fumaça que sai de seu escapamento como se fora um incenso divino. Ouçamos a descarga de seus motores como se fora música do infinito. Beijemos o rastro de seus pneumáticos como se nossos lábios osculassem a marca sagrada dos pés do Senhor. Nosso ideal supremo, nosso Nirvana, é morrer um dia sob suas rodas sacrossantas. E tu cuspiste, Theodoro Kempers! Disseste que foi no chão. Cuspir no animal sagrado é o mais horroroso e torpe dos pecados, o mais baixo e infamante dos crimes. Cuspir no chão é má ação. Cuspir para o céu é mau, porque a cusparada volta e estala sobre nossa cabeça. Se quiseres cuspir, Theodoro Kempers, aprende comigo a cuspir dedicadamente na cara dos homens. Salvo em alguns, que são demasiado sujos para servir de escarradeira.

São Paulo, janeiro, 1934.

Ao Respeitável Público

Chegou meu dia. Todo cronista tem seu dia em que, não tendo nada a escrever, fala da falta de assunto. Chegou meu dia. Que bela tarde para não se escrever!

Esse calor que arrasa tudo; esse carnaval que está perto, que aí vem no fim da semana; esses jornais lidos e relidos na minha mesa, sem nada interessante; esse cigarro que fumo sem prazer; essas cartas na gaveta onde ninguém me conta nada que possa me fazer mal ou bem; essa perspectiva morna do dia de amanhã; essa lembrança aborrecida do dia de ontem; e outra vez, e sempre, esse calor, esse calor, esse calor..

Portanto, meu distinto leitor, portanto, minha encantadora leitora, queiram ter a fineza de retirar os olhos desta coluna. Não leiam mais. Fiquem sabendo que eu secretamente os odeio a todos; que vocês todos são pessoas aborrecidas e irritantes; que eu desejo sinceramente que todos tenham um péssimo carnaval, uma horrível quaresma, um infelicíssimo ano em 1934, uma vida toda atrapalhada, uma morte estúpida!

Aproveitem este meu momento de sinceridade e não se iludam com o que eu disser amanhã ou depois, com a minha habitual falta de vergonha. Saibam que o desejo mais sagrado que tenho no peito é mandar vocês todos simplesmente às favas, sem delicadeza nenhuma.

Por que ousam gostar ou aborrecer o que escrevo? O que têm comigo? Acaso me conhecem, sabem alguma coisa de meus problemas, de minha vida? Então, pelo amor de Deus, desapareçam desta coluna. Este jornal tem dezenas de milhares de leitores; por que é que, no meio de tanta gente, vocês, e só vocês, resolveram ler o que escrevo? O jornal é grande, senhorita, é imenso, cavalheiro, tem crimes, tem esporte, tem política, tem cinema, tem uma infinidade de coisas. Aqui nesta coluna, eu nunca lhes direi nada, mas nada de nada, que sirva para o que quer que seja. E não direi porque não quero; porque não me interessa; porque vocês não me agradam; porque eu os detesto.

Portanto, se a senhorita é bastante teimosa, se o cavalheiro é bastante cabeçudo para me ter lido até aqui, pensem um pouco, sejam bem-educados e dêem o fora. Eu faço votos para que vocês todos amanheçam amanhã atacados de febre amarela ou de tifo exantemático. Se houvesse micróbios que eu pudesse lhes transmitir assim, através do jornal, pelos olhos, fiquem sabendo que hoje eu lhes mandaria as piores doenças: tracoma, por exemplo.

Mas ainda insistem? Ah, se eu pudesse escrever aqui alguns insultos e adjetivos que tenho no bico da pena! Eu lhes garanto que não são palavras nada amáveis; são dessas que ofendem toda a família. Mas não posso e não devo. Eu tenho de suportar vocês diariamente, sem descanso e sem remédio. Vocês podem virar a página, podem fugir de mim quando entenderem. Eu tenho de estar aqui todo dia, exposto à curiosidade estúpida ou à indiferença humilhante de dezenas de milhares de pessoas.

Fiquem sabendo que eu hoje tinha assunto e os recusei todos. Eu poderia, se quisesse, neste momento, escrever duzentas crônicas engraçadinhas ou tristes, boas ou imbecis, úteis ou inúteis, interessantes ou cacetes. Assunto não falta, porque eu me acostumei a aproveitar qualquer assunto. Mas eu quero hoje precisamente falar claro a vocês todos. Eu quero, pelo menos hoje, dizer o que sinto todo dia: dizer que se eu os aborreço, vocês me aborrecem terrivelmente mais.

Amanhã eu posso voltar bonzinho, manso, jeitoso; posso falar bem de todo o mundo, até do governo, até da polícia. Saibam desde já que eu farei isto porque sou cretino por profissão; mas que com todas as forças da alma eu desejo que vocês todos morram de erisipela ou de peste bubônica. Até manhã. Passem mal.

São Paulo, fevereiro, 1934.

As Carrascas

Dizem que a mulher é parte fraca... Não é. Houve um concurso para carrasco em uma capital européia, e se apresentaram quatorze mulheres. Bonitas? Com certeza, não. As bonitas fazem sua matança livremente, todo o dia. Eu sou um antigo assassinado. Há sorrisos que enforcam; outros guilhotinam, outros eletrocutam. E navalham, atiram, envenenam, esfolam. Nas tardes velhas de Ouro Preto, Joana, Joana de Ouro Preto, me enforcava livremente. Eu não conseguia nunca saber se ela estava rindo ou sorrindo, se era doce ou amargo, de mim ou para mim. Sentia o enforcamento no pescoço, e a voz morria, Joana! Joana desumana, então, é que se desandava a sorrir de outro jeito. Se um anjo do Aleijadinho visse aquele seu jeito, coitado do anjo. O capeta se instalava no seu corpinho gorducho e ele transferia sua residência do limbo para o inferno, e ainda dizendo que era com muito prazer e muita honra.

Joana era um pecado mortalíssimo. Sua doçura me arruinou. Já Pierina é venial, amplamente venial. Sei que ela tem muita e má danação, mas é danação de purgatório, perdoável. Ela me apunhala, essa carrasca, e eu morro.

Outras muitas me mataram. E todos nós, irmãos, somos assassinados muitas vezes assim.

Ora, pois, o que fazem as quatorze carrascas de Budapeste? Será Budapeste? Serão quatorze! Li o telegrama, e havia um nome e um número. Minha memória se pegou ao fato e largou o número e o nome. Não importa. Sejam quatorze, e sejam de Budapeste. Fossem noventa, e fossem de Sófia. São carrascas, ou querem ser carrascas, e eis o que interessa, e é triste. Elas são feias. Eu as imagino pesadonas e ignóbeis; rudes e mesquinhas. São as quatorze piores mulheres de Buda e de Peste; as piores da margem direita e da margem esquerda do Danúbio, desde a nascente à foz; as piores das margens de todos os rios e das praias de todos os mares do mundo. Nunca merecerão o adjetivo gentil. É o adjetivo principal, que toda mulher carece merecer, o único empregado por Casimiro nas estrofes de mais inspiração.

Não são gentis. São horríveis. Se alguma chegar a ser carrasca, eu prometo nunca ser condenado à morte em Budapeste. Que Deus me dê, na hora derradeira, um sorriso de mulher gentil para eu morrer em estado de graça. Morrer na forca, morrer olhando uma estúpida megera, uma carrasca pesadona e feia, é sentença que não cabe em nenhum crime.

Carrascas de Budapeste ou de onde quer que sejais.

Vós, mulheres da morte, desmoralizais as mulheres e a morte. Sois piores que monstros. Quando fordes para o inferno, o Diabo tremerá de vergonha e de medo diante de vós. Ele se sentirá desacatado, fechará seu estabelecimento e fugirá. Sois tão ignóbeis que, ao vosso lado, a mãe de Pierina me parece um anjo, o mais lindo anjo das janelas do Brás. O condenado que morrer em vossas mãos será perdoado de todos os pecados, e ficará de alma tão limpa, que Deus lhe dará diploma de santo.

Mas a vossa lembrança o tornará eternamente desgraçado.

Quereis ser mulheres fatais por concurso, e sob a proteção da lei. Será esta a vossa vingança contra os homens que nunca soubestes fazer morrer com um sorriso gentil, qual o de Joana de Ouro Preto. Mas nem assim sereis mulheres fatais. Ninguém mais terá coragem de cometer um crime em Budapeste; e se alguém cometer, nenhum juiz será bastante miserável para entregar o réu às vossas garras. Sereis bruxas funcionárias, assassinas burocratas, amanuenses da repartição da morte. Morrereis de raiva quando o condenado se matar na prisão. Morrereis todas, ó pestes de Budapeste, pesteadas pela própria pestilência!

São Paulo, maio, 1934.

A Carta

Existe, no jornal em que trabalho, como existe em muitos jornais, um redator essencialmente agrícola. É um homem encarregado de explicar diariamente aos seus leitores qual o melhor meio de plantar batatas. Recebe do interior misteriosos embrulhinhos registrados, contendo lagartas, pedacinhos de raízes e punhados de terra, para opinar sobre esses objetos. E opina. É um ofício heróico, remediar à distância a dor de barriga de um porco ou matar os insetos que atacam um pé de abacate situado a novecentos e cinqüenta quilômetros da redação do jornal.

Na sua correspondência de hoje, o meu colega recebeu uma carta que o deixou profundamente triste. Passou-a à minha mesa, dizendo que eu devo respondê-la. Na sua opinião, eu sou um literato, e a carta é de literata.

Veio de Lençóis. Quem a assina já me dirigiu várias cartas que não respondi. É uma senhorita que, estando profundamente sem ter o que fazer, diverte-se escrevendo cartas anônimas a todos os jornalistas. Enfim: uma senhorita sem caráter, uma senhorita patife.

Creio que mora em alguma fazenda, onde se entrega à contemplação da natureza e à leitura de bons livros. Ela mandou dizer ao meu colega agrícola — Fajardo da Silveira — que está procurando se consolar, no campo, das mágoas que a cidade lhe causou. E pede conselhos minuciosos a respeito. Fajardo da Silveira esteve quase respondendo. Chegou mesmo a redigir algumas frases, e veio me consultar. Disse que era "um assunto puramente humano", do qual não entendia. E explica:

— Responda você, literato, que é entendido em senhoritas. Prometo ajudá-lo quando o consultarem a respeito de vacas ou cebolas.

Eu me neguei a atendê-lo e ele passou a outras mesas da redação. O redator social declarou-lhe:

— Quando esta senhorita ficar noiva, casar, ou tiver um filho, eu tratarei dela.

O repórter policial rugiu:

— Mate esta moça, ou pelo menos arranque-lhe a orelha esquerda. Eu publicarei o seu retrato no jornal.

O crítico musical exigiu que ela tocasse harpa ou trombone; o repórter político sugeriu que ela fizesse um discurso, e o esportivo, que ela atravessasse o canal da Mancha.

Fajardo da Silveira berrou:

— Trata-se de uma senhorita pacata, que jamais praticará violência semelhante. Todavia, é preciso que ela seja atendida. Também não posso fazer nada, porque ela não é uma abóbora nem uma euforbiácea.

Disse, pôs a carta novamente sobre a minha mesa e postou-se em minha frente raivoso. Mas eu também não sei o que fazer com essa miserável senhorita literata e rural. Já estive ensaiando várias respostas, mas nenhuma serve absolutamente. Fajardo da Silveira acaba de sair, desanimado e disposto a tudo. Deixou comigo as frases que redigiu e que ele mesmo não julgou boas para serem publicadas em sua seção de "Vida Agrícola".

Eu as publico aqui, porque não tenho outra solução. Ei-las:

"I.F. — Lençóis — Nesta seção, senhorita, não posso cuidar de literatura. A tristeza de sua alma, infelizmente, me interessa menos que a tristeza do gado *vacum*. Passe bem."

Também acho que isto não é delicado. Não se deve falar em gado *vacum* quando se escreve a uma senhorita. Além disso, aquele "passe bem" final tem um tom visivelmente feroz. Mas não se pode fazer nada razoável com uma senhorita que tem a mania de escrever aos jornais.

São Paulo, maio, 1934.

Pequenas Notícias

Dia do Trabalho... Houve uma reunião de operários em São Paulo, mas havia tanto soldado de polícia que não se sabia se era uma reunião de operários ou de soldados de polícia.

A ordem foi mantida. Os operários não permitiram que a polícia praticasse nenhum distúrbio.

Na véspera, em Roma, inaugurou-se um Congresso Mundial do Leite. O Sr. Mussolini falou para representantes de quarenta e sete países. Um orador, segundo suponho, afirmou que, sob o regime fascista, e graças à energia incomparável do Sr. Mussolini, que tem ao seu lado, indiscutivelmente, todo o glorioso povo italiano, as vacas produzem mais leite. Em seguida os representantes de quarenta e sete países beijaram a mão do Papa. O Papa fez um discurso em francês, aconselhando o mundo católico a beber leite, porque leite é saúde, e *mens sana in corpore sano*, como diziam os gregos. O Congresso correu em perfeita ordem, porque nenhum bezerro teve a idéia de comparecer para protestar contra a usurpação.

No mesmo dia, Deibler, o carrasco francês, fez a sua 300ª execução. Festejou o acontecimento com uma pequena farra, e, falando aos jornais, declarou que estava aperfeiçoando um novo tipo de guilhotina, mas vai abandonar o ofício. Ganhará 7.500 francos por execução, num total de 2 milhões e 250 mil francos por trezentos pescoços.

Sabedores disso, vários sem-trabalho se dirigiram às autoridades, segundo suponho, declarando estarem dispostos a cortar pescoços, inclusive o do carrasco Deibler, por um preço muito mais baratinho.

Disseram, mais, que lhes sendo facultada a escolha dos pescoços, trabalhariam inteiramente grátis.

Em Nova York, uma estatística apontou, durante o ano passado, vários casos de nascimento por fecundação artificial. Trata-se de moças que, sentindo o sublime desejo da maternidade, não quiseram, todavia, ter nenhum contato com homens. Algumas dessas jovens mães nem sequer viram a cara dos pais das crianças. O fenômeno ocorreu por correspondência. Essa notícia despertou muitos comentários, sendo considerada um sinal do maravilhoso progresso da ciência na grande República do Norte. Infelizmente o telegrama não divulga o número de jovens que, durante o ano passado, agiram em sentido exatamente contrário, isto é, a estatística das crianças que não nasceram.

São Paulo, maio, 1934.

ALADY

"O comércio", de Cachoeira, Rio Grande do Sul, publicou o seguinte aviso:

"Eu, abaixo assinado, peço ao público não cortar o cabelo de minha filha Alady, sem licença minha pessoalmente, ficando, quem cortar, sujeito a pagar 2:000$000 de réis e mais outras despesas que houver pelo mesmo motivo. Neste caso não existe amizade nenhuma a quem quer que seja. Piquiri, 5 de abril de 1934. Carlos Victor Kochenberger."

O aviso é de 5 de abril e já estamos varando junho. Nunca mais tive notícia nenhuma dos cabelos de Alady.

Cabelos de Alady... Serão negros, brilhantes, emoldurando suas faces de neve? Serão castanhos ou dourados? Alady será morena? E as tranças de Alady, e o perfume e a fita dos cabelos de Alady?

Falei em tranças. Sim, naturalmente, haverá tranças. E o Sr. Kochenberger, fumando o seu cachimbo (o Sr. Kochenberger não pode deixar de fumar cachimbo), sentado em sua varanda, nas tardes mansas de Piquiri, o Sr. Kochenberger se sentirá feliz vendo as tranças de sua filha.

— Vem cá, Alady.

Alady chega perto do Sr. Kochenberger.

— O que é, papai?

— Fica aqui, minha filha...

E o Sr. Kochenberger passa a mão nas tranças de Alady. Lindas tranças, lindas tranças, pensa o Sr. Kochenberger. Parece a sua mãe, quando tinha dezesseis anos... A mão direita do Sr. Kochenberger acaricia os cabelos de Alady. A mão esquerda segura o cachimbo. E do bojo escuro do cachimbo sai um fio de fumaça azulada. A luz do sol poente entra horizontal pela varanda, brilha na voluta azulada e nas tranças de Alady. E o Sr. Kochenberger pensa em outras tardes, em velhas tardes...

Pobre Sr. Kochenberger! Alady também sonha. Mas os seus sonhos vivem em novas tardes, em manhãs que ainda não nasceram, em dias que ainda não brilharam. Desculpe, Sr. Kochenberger, mas é a pura verdade: Alady odeia essas tranças e odeia Piquiri. Alady quer cortar os cabelos, quer ir de baratinha a Cachoeira, quer passear em Porto Alegre, se casar em Montevidéu, embarcar para Buenos Aires, voar para o Rio de Janeiro e se divorciar em Hollywood. Perdão, Sr. Kochenberger, mas a sua filha é muito sapeca! Sei que ela tem jeito de santa e às vezes anda triste parecendo uma santa mesmo...

Sr. Kochenberger, de minha parte o senhor pode ficar descansado. Eu no momento não disponho de dois contos de réis. E o senhor ainda fala em "outras despesas que houver pelo mesmo motivo". Naturalmente, o senhor me mataria, mataria Alady, se mataria, e eu teria de pagar todos os enterros e mais o preço da munição.

Dois contos de réis por umas tranças não é muito barato. Talvez as tranças de Alady valham mais. Talvez um cacho dos cabelos de Alady valha mais de cem contos de réis. Mas vamos devagar, Sr. Kochenberger. O senhor está pondo sua filha em leilão. Amanhã o senhor apregoará a ponta da orelha esquerda de Alady; depois o dedo mindinho, depois a covinha do queixo, depois... Sr. Kochenberger, eu seria capaz de arrematar a sua filha inteira, inteirinha, inclusive a fita de suas tranças e o sinalzinho que ela tem no ombro. A sua filha, senhor, pode ser a mais linda chinita de todos os pampas, pode ser mais bonita que dona Iolanda Pereira, Miss Universo, mais bonita que a artista mais bonita do cinema. Pode ser também feia de doer, de se desmaiar de tanta feiúra. Não tem importância, Sr. Kochenberger, o que tem importância é que ela não é objeto de leilão. Alady é uma pessoa viva, e o corpo de Alady pertence a Alady, porque ela ainda não o deu a ninguém. Os cabelos de Alady pertencem a Alady, estão na cabeça de Alady, descem em tranças pelas costas de Alady, sobre os ombros de Alady. Não adianta o senhor gravar de imposto de consumo os cabelos de Alady. Alady tem corpo e alma. Alady tem coração... cuidado, Sr. Kochenberger, Alady tem coração e coração de moça de tranças anda voando no ar como um periquito, chamando outro coração...

São Paulo, junho, 1934.

O Violinista

O homem me carregou para diante dos mapas e dos gráficos. Olhando pela ampla janela do quarto andar, a gente poderia ver lá na praça o Teatro Municipal de São Paulo, anunciando o maior violinista do mundo. No meio da praça a feira das flores brilhava ao sol. Mais para a frente o viaduto trepidava de homens e bondes ligando as duas praças rumorejantes. E os arranha-céus se impunham no fundo azul do céu.

O homem me carregou para diante dos mapas e dos gráficos. E o homem disse:

— Nesta cidade há, seguramente, cinco mil tuberculosos pobres. Contamos apenas com cem leitos em um hospital e mais cem em sanatórios particulares.

E disse mais:

— Nesta cidade morre uma criança de duas em duas

horas. Os bairros proletários fabricam anjinhos sem cessar. Em cem mortos mais de trinta são crianças de zero a um ano.

E eu perguntei:

— Qual é a causa de tantas mortes?

E o homem respondeu:

— Miséria.

E prosseguiu:

— Os hospitais e os asilos rejeitam diariamente a multidão dos doentes e das crianças sem amparo. Não há leitos. Não há lugares. O governo dá 1.418 contos anuais para 235 instituições de caridade do Estado. Isso quer dizer que, para cada cama de hospital, o governo dá, por dia, 600 réis. Portugal é um país que tem a mesma população deste Estado. O governo de Portugal, em vez de 1.418 contos, distribui, todo ano, para o mesmo fim, 60 mil contos; e gasta atualmente mais 60 mil contos na construção de grandes hospitais.

E o homem disse ainda:

— No interior do Estado há municípios onde a percentagem de mortes sem assistência médica é de 100%. Desde o começo da crise a natalidade diminuiu e a mortalidade infantil aumentou. O movimento do albergue noturno demonstra que... A sífilis... o câncer... a fome crônica...

O homem ia falando, ia falando. Lá fora, para lá da janela azul, a feira das flores era uma alegria vermelha dentro da praça cinzenta. O Teatro Municipal de São Paulo anunciava o maior violinista do mundo. O viaduto estava repleto ligando as duas praças. Os arranha-céus se impunham no céu de anil.

O homem da Comissão de Assistência Social de São Paulo acabou de falar.

No elevador eu fui pensando em outras cidades e em outros Estados onde a miséria é maior. Na praça eu comprei um cravo. O homem não cobrou nada, mas eu lhe dei 500 réis, com pena, e caminhei pelo viaduto. No jornal eu pedi ao secretário uma entrada para o espetáculo do maior violinista do mundo, no Teatro Municipal de São Paulo.

São Paulo, junho, 1934.

Recenseamento

São Paulo vai se recensear. O governo quer saber quantas pessoas governa. A indagação atingirá a fauna e a flora domesticadas. Bois, mulheres e algodoeiros serão reduzidos a números e invertidos em estatísticas.

O homem do censo entrará pelos bangalôs, pelas pensões, pelas casas de barro e de cimento armado, pelo sobradinho e pelo apartamento, pelo cortiço e pelo hotel, perguntando:

— Quantos são aqui?

Pergunta triste, de resto. Um homem dirá:

— Aqui havia mulheres e criancinhas. Agora, felizmente, só há pulgas e ratos.

E outro:

— Amigo, tenho aqui esta mulher, este papagaio, esta sogra e algumas baratas. Tome nota de seus nomes, se quiser. Querendo levar todos é favor.

E outro:

— Eu? Tinha um amigo e um cachorro. O amigo se foi, levando minhas gravatas e deixando a conta da lavadeira. O cachorro está aí, chama-se Lord, tem três anos e meio e morde como um funcionário público.

E outro:

— Oh! sede bem-vindo. Aqui somos eu e ela, só nós dois. Mas nós dois somos apenas um. Breve, seremos três. Oh!

E outro:

— Dois, cidadão, somos dois. Naturalmente o senhor não a vê. Mas ela está aqui, está. A sua saudade jamais sairá de meu quarto e de meu peito!

E outro:

— Aqui moro eu. Quer saber o meu nome? Procure uma senhorita loura que mora na terceira casa da segunda esquina, à direita. O meu nome está escrito na palma de sua mão.

E outro:

— Hoje não é possível, não há dinheiro nenhum. Volte amanhã. Hein? Ah, o senhor é do recenseamento? Uff! Quantos somos? Somos vinte, somos mil. Tenho oito filhos e cinco filhas. Total: quinze pestes. Mas todos os parentes de minha mulher se instalaram aqui. Meu nome? Ahn... João Lourenço, seu criado. Jesus Cristo João Lourenço. A minha idade? Oh! pergunte à minha filha, pergunte. É aquela jovem sirigaita que está dando murros naquele piano. Ontem quis ir não sei onde com um patife que ela chama de "meu pequeno". Não deixei, está claro. Ela disse que eu sou da idade da pedra lascada. Escreva isso, cavalheiro, escreva. Nome: João Lourenço; profissão:

idiota; idade: da pedra lascada. Está satisfeito? Não, não faça caretas, cavalheiro. Creia que o aprecio muito. O senhor pelo menos não é parente da mulher. Isso é uma grande qualidade, cavalheiro! É a virtude que eu mais admiro! O senhor é divino, cavalheiro, o senhor é meu amigo íntimo desde já, para a vida e para a morte!

São Paulo, julho, 1934.

Mato Grosso

Três Lagoas, será Mato Grosso? Saltamos do trem e a poeira de nossas roupas é poeira paulista; e este cigarro que fumo foi aceso em São Paulo. Conversei com três cidadãos de Três Lagoas, e eram três paulistas.

Estamos rente à fronteira. A fronteira é o rio Paraná. Visito a *Gazeta do Comércio* de Três Lagoas e sinto que estou em Mato Grosso. O problema de que o jornal trata com mais insistência, o maior problema municipal de Três Lagoas, é o grande problema mato-grossense. Falta de gente. Mato Grosso tem 0,2 habitantes por quilômetro quadrado; de modo que para povoá-lo decentemente seria preciso que cada habitante tivesse um comprimento de cinco quilômetros e mil metros de largura.

Examinando o problema sob outro aspecto, verificamos que em um grupo de dez cidadãos mato-grossenses faltam quarenta cidadãos. Se os dez fossem cinqüenta, Mato Grosso teria uma cabeça humana por quilômetro quadrado. Nada disso acontece. Mato Grosso é um palco à procura de personagens. Três Lagoas possui terras ótimas, mas vive, ou vegeta, quase exclusivamente de gado.

Basta saltar na estação e andar pela rua que fica na frente para sentir a grandeza desses problemas. A rua é larga, larga, demasiado larga e boceja desesperada em sua largura de terra arenosa esperando os transeuntes que não aparecem. O contrário da Rua Direita ou da Rua do Ouvidor que, mal recebem um transeunte, tratam de maltratá-lo de todos os modos, jogando-o sobre outros transeuntes, aborrecendo-o com seu *brouhaha*, até expeli-lo na praça, a rua de Três Lagoas vive esperando transeuntes. E quando aparece um, ela torna lenta a sua passagem, agarra-o em suas areias, aproveita-o o melhor possível.

Três Lagoas precisa de gente. Três Lagoas quer ser colonizada, aproveitada, movimentada. Três Lagoas espia lá longe, à margem dos mesmos trilhos da Noroeste, a bela Campo Grande toda orgulhosa e rica que, de tão rica e orgulhosa, já anda querendo se separar de Mato Grosso, dizendo que o Norte do Estado explora o Sul, que o Sul deve deixar de ser Mato Grosso para ser Maracaju, etc.

É espantoso esse problema de separatismo em Mato Grosso. O homem se revolta contra a terra que é grande demais. O interventor federal lá longe, infinitamente longe, dentro do Palácio Alencastro, coça a cabeça.

Em Três Lagoas ninguém me falou mal de Mato Grosso. Eu apenas sacudi um pouco aquela poeira paulista de meu paletó e olhei para o Oeste com vontade de rezar:

— Ó grande e santo Mato Grosso! Eu sou um bichinho da beira da praia e aqui estou diante de vós, gigante das terras do centro. A vossa força dorme ao longo de vossas planuras, no fundo de vossas florestas, nas barrancas de vossos rios sem fim. Sou um bicho covarde e voltarei daqui a quinze minutos para a beira da praia. Outros mais peitudos virão para vos povoar. Eu tenho apenas um lápis, que só sabe escrever besteira. Outros virão com arados, máquinas e dinheiro; homens de nossa raça e de outras raças levantarão casas em vossa terra e ruídos em vossos ares. E crescerão dentro de vós, e vós crescereis com eles. E vosso nome e vossa fama e vosso espírito e vossa força atravessarão os mares, Mato Grosso. E pelos mares virão gentes para vos ver. E assim vos vingareis dos mares que hoje ficam longe de vós e cujos clamores me chamam neste momento a mim, bichinho covarde da beira da praia.

Assim rezei. E as rodas do especial regressaram sobre os trilhos bamboleantes da Noroeste.

São Paulo, julho, 1934.

Animais Sem Proteção

Mandaram-me para debulhar o decreto número 24.645, do Sr. Getúlio Vargas, cujo artigo primeiro diz: "todos os animais existentes no país são tutelados do Estado".

Fica passível de multa ou prisão quem mantiver animais em lugares anti-higiênicos ou privá-los de ar ou luz; abandonar animal doente, ferido ou extenuado ou deixar de ministrar-lhe medicamentos; utilizar em serviço animal ferido, enfermo ou fraco; conduzir animais de mãos ou pés atados; ter animais encerrados juntamente com outros que os aterrorizem ou molestem, etc., etc., etc.

O artigo 3º diz que os animais serão assistidos em juízo pelos representantes do Ministério Público.

Ora, eis aí uma lei excelente. São inacreditáveis as barbaridades que sofrem os animais neste mundo. Levemos aos doutores promotores de justiça material para denúncias.

Eu sei de animais que vivem em lugares anti-higiênicos, quase privados de ar e de luz. Já vi várias vezes esses estranhos animais. São magros e tristes e se parecem extraordinariamente com os homens. Vivem em cortiços e porões, em casebres infectos e em casarões imundos. Quando doentes ou extenuados, não podem contar com remédio e auxílio nenhum. Esses animais, que fisicamente, como já disse, são extremamente parecidos com os homens, são muitas vezes utilizados em serviço quando fracos ou enfermos. Há fêmeas de cinqüenta anos, tuberculosas e exaustas, que diariamente são obrigadas a trabalhar, se não quiserem morrer de fome. Machos de todas as idades, atacados de todas as doenças, são igualmente obrigados a prestar serviços rudes e esgotantes para viver. Até mesmo animais ainda de tenra idade se vêem obrigados a suportar rudes tarefas. Todos esses animais, se acaso se rebelam contra a sua sorte, são transportados imediatamente para jaulas apropriadas e mais infectas que quaisquer outras. O transporte é feito em carroças fechadas e incômodas. Algumas vezes os animais vão com as mãos atadas por ferros especiais, e quase sempre sofrem espancamento e toda espécie de maus-tratos.

Uma das disposições da lei proíbe que se faça trabalhar animais desferrados em ruas de calçamento. Entretanto, inúmeros desses animais a que me refiro acima andam desferrados. Os seus pés, que são muito parecidos com os pés humanos, não têm a proteção de nenhum calçado.

Creio mesmo que os animais citados não gozam de

nenhuma das garantias do excelente decreto nº 24.645. Desde o nascimento até a morte, eles sofrem toda espécie de misérias e tristezas. Não gozam de saúde nem de conforto. São péssima e parcamente alimentados e não dispõem de nenhum cuidado higiênico; por isso vivem sujos e magros. Têm de trabalhar durante a vida toda. Com esse trabalho, esses animais enriquecem os homens e fazem prosperar os Estados que os exploram; e destes só se obtém algum favor se continuarem dispostos a trabalhar toda a vida para eles. Creio que não há, hoje em dia, nenhuma espécie animal tão estupidamente explorada como essa.

É interessante notar que, devido a certas semelhanças, algumas pessoas pensam que esses animais são também homens. É engano. Eles, de fato, têm alguma parecença com os homens; mas não são homens, são operários.

São Paulo, agosto, 1934.

Sentimento do Mar

Passo pela padaria miserável e vejo se já tem pão fresco. As jogadas e os camarões estão aqui. Está aqui a garrafa de cachaça. Você vai mesmo? Pensei que fosse brincadeira sua.

Arranja um chapéu de palha. Hoje vai fazer sol quente. Andamos na madrugada escura. Vamos calados, com os pés rangindo na areia. Vem por aqui, aí tem espinhos. Os mosquitos do mangue estão dormindo. Vem. Arrasto a canoa para dentro da água. A água está fria. Ainda é quase noite... O remo está úmido de sereno, sujo de areia. Senta ali na proa, virada para mim. Olha a água suja no fundo da canoa. Põe os pés em cima da poita. Eu estou dentro d´água até os joelhos, empurro a canoa e salto para dentro. Uma espumarada de onda fria bate na minha cara. Remo depressa, por causa da arrebentação. Fica sentada, não tem medo, não. Firma aí. Segura dos lados. Não se mexa! Firme! Ooooi... Quase! Outra onda dá um balanço forte e joga um pouco de água dentro do barco. Estou remando em pé, curvado para a direita, com esforço. A outra onda passa mansa, mansa, a proa bate n'água e avança. O remo está frio nas minhas mãos. Eu o mergulhei dentro d'água para limpar a areia. A água que escorre molha as mangas de meu paletó. O mar está muito calmo. Esse ventinho que está vindo e passando em seus cabelos é o vento da terra. O terral vem de longe, lá do meio da terra, dos matos dormentes atrás dos morros. Vem da terra escura para o mar escuro. Nós iremos com ele.

Levantei a vela encardida. O meu leme está quebrado, mas tenho o remo. Vamos um pouco beirando a praia para o norte. Agora o ventinho nos pega. A vela treme feito mulher beijada. Fica túmida feito mulher beijada. Às vezes, a força do vento diminui um pouco, e ela bambeia, amolece, feito mulher possuída. Olha lá a sua casa. Não está vendo, não? O pão está bom? Se você comer todo agora, vai ficar com fome lá fora. Me dá essa cuia, vou tirar a água da canoa. Raspo o fundo do barco, onde o cheiro forte e enjoado da maresia, esse cheiro que eu amo, embebeu para sempre o lenho. Viro um pouco a vela, sento, e passo o remo para a esquerda. O leme, assim como está, ajuda. Vamos cortando a água maciamente... A água está cinza, escura, pesada, como óleo. O balanceio nos leva. A praia pobre ficou lá longe, com luzinhas piscando. Estamos quietos, e ela rói o pão olhando a água. A água fala alguma coisa ao batelão, lambendo seu corpo, numa ternura de velha amiga, com velho amigo.

Ela está quase deitada. O frio do fim da noite, o ar cheio de água, com um cheiro úmido, me faz abrir as narinas, apaga o meu sono. Na penumbra imensa seus cabelos parecem úmidos sobre a testa morena. Nós avançamos no bamboleio manso, conversando com moleza. A sua voz me vem, atravessando o vento fraco, entre a voz da água na beira da canoa. Seu corpo, na proa, sobe e desce no horizonte... Ela está virada para mim. Contempla lá atrás a terra que vai morrendo no escuro, que é apenas um vago debrum sujo além da água. Eu olho a água. Tenho vontade de beijar a água. Beijar de leve a flor salgada da água, depois beijar com lábios úmidos, com pureza, de manso, aquela boca sob os olhos negros, sob a testa morena. Mas isso é apenas um desejo à-toa sem força nenhuma, um desejo que sabe que veio à toa e que vai à toa.

Acendo um cigarro e pergunto:

— Você quer fumar?

A minha amiga não fuma, e ri. Ri muito, como se eu tivesse ficado triste muito tempo e de repente tivesse dito uma coisa engraçadíssima. Ri... Seu riso quebra, parte, destrói o encanto molengo da madrugada. É como se estivéssemos em terra e, por exemplo, fizesse sol, em uma tarde comum, ou nós andássemos depressa pela rua. Seu riso rasga a calma do mar escuro, como se o mar não estivesse soluçando sob a canoa.

Uma claridade pastosa, débil, vem lá no fundo sobre o qual o seu corpo deitado se balança. E nós conversamos animadamente, como se estivéssemos em um bonde, fôssemos a um cinema. Não estamos sozinhos no mundo, em uma canoa no meio do mar. A nossa vida não é apenas esta velha canoa, esta vela encardida e pequena, este remo úmido. Somos gente da terra, sem nenhuma evasão nem mistério. Conversamos. Eu conto histórias do mar, como se fosse um velho pescador. Ela me interrompe para contar uma coisa — uma coisa terrena, acontecida na terra, dentro de uma casa na terra, com lâmpada elétrica, onde os homens se atormentam. E eu ouço, me interesso. Desci a vela. Vou remando, remando tão bestamente como se os músculos de quem rema não tivessem alma, como se a água rompida pelo remo não tivesse músculos e alma, como se eu jamais tivesse sentido pulsar, nas minhas veias rolando ondas, a vertigem calma do mar. Remo, não há mais encanto nenhum. Tudo vai clareando no ar e na água. Remarei, pescarei. Pedirei a ela que se levante para que eu possa descer a pedra pela proa, até sentir bater na lama. Pescarei. Se ela estiver cansada, se ela achar cacete, voltarei para terra conversando. Ela achará cacete. Ela é da terra, está viciada pela terra, e não poderia lhe ensinar meu sentimento. Meu sentimento é inútil, eu converso conversas da terra com essa filha da terra. Eu pescarei e assobiarei um samba. Eu remarei para a terra logo que ela estiver cansada do mar.

Rio, janeiro, 1935.

A EMPREGADA DO DR. HEITOR

Era noitinha em Vila Isabel... As famílias jantavam. Os que ainda não haviam jantado chegavam nos ônibus e nos bondes. Chegavam com aquela cara típica de quem vem da cidade. Os homens que voltam do trabalho da cidade. As mulheres que voltam das compras na cidade. Caras de bondes, caras de ônibus. As mulheres trazem as bolsas, os homens trazem os vespertinos. Cada um entrará em sua casa. Se o homem tiver um cachorro, o cachorro o receberá no portãozinho, batendo o rabo. Se o homem tiver filhos, os filhos o receberão batendo palmas. Ele dará um beijinho mole na testa da mulher. A mulher mandará a empregada pôr a janta, e perguntará se ele quer tomar banho. Se houver rádio, o rádio será ligado. O rádio tocará um fox. Ouvindo o fox, o homem pensará na prestação do rádio, a mulher pensará em outra besteira idêntica. O homem dirá à empregada para dar comida às crianças. A mulher dirá que as crianças já comeram. A empregada servirá a mesa. Depois lavará os pratos. Depois irá para o portão. O homem conversará com a mulher dizendo: "mas, minha filha, eu não tive tempo..." A mulher ficará um pouco aborrecida e como nenhum dos dois terá ânimo para discutir ela dirá: "mas, meu bem, você nunca tem tempo..." Então o homem, para concordar com alguma coisa, concordará com o seguinte: a empregada atual é melhor que a outra. A outra era muito malcriada. Muito. Era demais. Essa agora é boazinha. Depois, sem propósito nenhum, o homem dará um suspiro. A mulher olhará o relógio. O homem perguntará que horas são. A mulher olhará outra vez, porque não tinha reparado.

— Oito e quinze...

No relógio da sala de jantar do vizinho serão quase oito e vinte. Em compensação a família é maior. O velho estará perguntando ao filho se o chefe da repartição já está bom. Na véspera o filho dissera ao pai que o chefe da repartição estava doente. O velho é aposentado. O filho está na mesma repartição onde ele esteve. A filha está em outra repartição. Eles têm um amigo que é importante na Prefeitura. Todos os três gostam de conversar a respeito da repartição. Talvez mesmo não gostem de conversar a esse respeito. Mas conversam. A casa da família é uma repartição. O velho está aposentado, não assina mais o ponto. A moça saiu com o namorado que é quase noivo e que a levará ao Boulevard, à Praça 7 de Março, ao cinema. Eles vão acompanhados da menorzinha. A moça na repartição ganha 450, mas só recebe 410 miliquinhentos, e se julga independente. A sua tia costuma dizer aos conhecidos: ela tem um bom emprego. O emprego é tão bom que ela às vezes até trabalha. Ela um dia se casará e será muito infeliz. Perderá o emprego por causa de uma injustiça e negócios de política, quando mudar o prefeito e o amigo de seu pai for aposentado. Depois do primeiro filho ficará doente e morrerá. A criança também morrerá. Também, coitadinha, viver sem mãe não vale a pena. A tia chorará muito e comentará: coitada, tão moça, tão boa... E continuará vivendo. Aliás, a vida é muito triste. Essa opinião é defendida, entre outras pessoas, pela cozinheira da casa, que já está velha e nunca vai ao portão porque não tem nada que fazer no portão. É uma mulata desdentada e triste, que há quinze anos responde à mesma dona-de-casa: "eu já vou, dona Maria." E há quinze anos vai fazer o que dona Maria manda. E que nunca teve uma idéia interessante, por exemplo: matar dona Maria, incendiar a casa. Está tão cansada de viver que nem sequer mais quebra os pratos. Um dia ficará mais doente. Com muito trabalho, e por ser um homem de bom coração, o seu patrão arranjará para ela um leito na Santa Casa, onde ela falecerá. Seu corpo será aproveitado no Instituto Anatômico, mais escuro e mais feio pelo formol.

As luzes estão acesas em todas as casas daquela rua quieta de Vila Isabel. Um homem dobra a esquina: vem do Boulevard. Outro homem dobra a esquina: vai ao Boulevard. Algumas empregadas amam. Algumas famílias vão ao cinema.

De longe vem um rumor, um canto. Vem chegando. Toda gente quer ver. São quinze, vinte moleques. Devem ser jornaleiros, talvez engraxates, talvez moleques simples. Nenhum tem mais de quinze anos. É uma garotada suja. Todos andam e cantam um samba, batendo palmas para a cadência. Passam assim, cantando alto, uns rindo, outros muito sérios, todos se divertindo extraordinariamente. O coro termina, e uma voz de criança canta dois versos que outra voz completa. E o coro recomeça. Eles vão andando depressa como se marchassem para a guerra. O batido das palmas dobra a esquina. Ide, garotos de Vila Isabel. Ide batendo as mãos, marchando, cantando. Ide, filhos do samba, ide cantando para a vida que vos separará e vos humilhará um a um pelas esquinas do mundo.

O menino, filho do Dr. Heitor, ficou com inveja, olhando aqueles meninos sujos que cantavam e iam livres e juntos pela rua. A empregada do Dr. Heitor disse que aqueles eram os moleques, e que estava na hora de dormir. A empregada do Dr. Heitor é de cor parda e namora um garboso militar que uma noite não virá ao portão e depois nunca mais aparecerá, deixando a empregada do Dr. Heitor à sua espera e à espera de alguma coisa. De alguma coisa que será um molequinho vivo que cantará samba na rua, marchando, batendo palmas, desentoando com ardor.

Rio, fevereiro, 1935.

MISTURA

Nada sei, nada sei desse caso. Apenas sei que Alice é muito branca e muito loura. A sua mãe se chama Rosa. Tudo isso veio em um telegrama que tem exatamente cinco linhas. Alice tem um corpo muito branco, de neve, um corpo que tem a cor da espuma puríssima, levíssima, que o vento da tarde espalha sobre as ondas do alto-mar. Seus cabelos são louros e seus olhos... — ai! — seus olhos não constam do telegrama. Isso não quer dizer que Alice não os possua, ou seja caolha. Os olhos estão subentendidos no telegrama, e devem ser perfeitos e lindos. Devem também ser verdes. E sendo verdes, de que verdes hão de ser? Estudei longamente olhos verdes, e principalmente dois dentre eles. Eram estriados de não sei que traços de ouro, felinos, fulvos, ruins. Há verdes límpidos, esse verde que vemos nas folhas molhadas das árvores adolescentes, quando a chuva passa e o sol fraco da tarde brilha muito louro, com meiguice. Há verdes marinhos, verdes minerais, verdes escuros que são castanhos sob a luz elétrica, negros dentro de uma sala, verdes, verdíssimos quando a luz natural os beija de lado. E por que não seriam azuis os olhos de Alice? Há por aí um azul claríssimo e suavíssimo, como aquele que vemos em certos recantos esquecidos do céu, à tardinha. É um azul singelo e antigo, cor de roupa de brim azul muitas vezes lavada.

Há tantos olhos de cores tantas olhando esta vida! Até vermelhos há muitos, vermelhos de chorar. Que os olhos de Alice fiquem sendo para vós, leitor, límpidos, belos, bem rasgados, da cor de vossa preferência. Eu por mim, que os amo verdes, afirmo em face da lamentável omissão do telegrama que eles são verdes, tão verdes como o selo de imposto de consumo nacional.

Alice, a ebúrnea Alice (ebúrnea quer dizer: branquinha), Alice tinha um defeito e uma virtude, resumidos em uma só pessoa: a sua mãe. Dona Rosa, mãe de Alice, pode ser considerada uma virtude de Alice, porque é uma excelente senhora; e pode ser considerada um defeito de Alice, porque tem idéias muito esquisitas.

A sua idéia mais esquisita coube na quarta linha do telegrama: ela disse ao delegado que "Alice merecia um bacharel, tão alva e loura que era". Disse isso debulhada em lágrimas. Alice fugira com José Cândido. José Cândido é um brasileiro de cor negra. Isso desgostou dona Rosa, e dona Rosa berra como só as verdadeiras mães sabem berrar:

— Ela merecia um bacharel!

Calma, dona Rosa, Alice fugiu com um José que não

é bacharel e que é preto. A senhora, dona Rosa, treme de vergonha ao pensar que uma dura carapinha espeta o mesmo travesseiro em que repousam os cabelos de seda loura de sua filha. Chora de amargura ao pensar que um corpo rude e preto de homem se junta ao corpo alvo e fino de Alice. Essa confusão de carnes brancas e pretas faz a senhora desesperar; e em seu desespero a senhora diz que as carnes alvas de Alice mereciam carnes de bacharel.

Calma, dona Rosa. Se a senhora quer carnes de bacharel para sua filha, aqui estão as minhas. Eu as ofereço. São fracas e mofinas, mas brancas e jurídicas. Porém, falando francamente, não creio que valha a pena.

Há dois problemas a considerar: o problema da cor e o problema do título. José Cândido não tinha nem a cor nem o título convenientes à sua filha. Mas ele raptou Alice, e as mocinhas não são raptadas facilmente como um deputado paraense. As mocinhas, quando não querem ser raptadas, esperneiam e fazem um berreiro medonho. Alice foi porque quis. Uniu seu braço alvo ao braço preto de José e partiu. As mocinhas partem assim, e não há remédio, não há.

Calma, dona Rosa. Alice está passeando no País das Maravilhas. E se aquele país, pelo qual todas as mocinhas suspiram, é gostoso e bom, que importa a cor do cicerone?

Neste país, dona Rosa, muitos brancos amaram muitas pretas. Se a senhora não acredita, eu lhe mostrarei as provas. As provas andam aí por toda parte, são dengosas e excelentes e se chamam, na linguagem corrente, mulatas.

Calma, dona Rosa, calma, dona Rosa. Alice está no País das Maravilhas. E quem sabe se ela não voltará de lá um dia para a sua casa, trazendo pelo braço uma criancinha mulata de olhos verdes? E a senhora não acha lindas, dona Rosa, as mulatinhas de olhos verdes?

Rio, fevereiro, 1935.

Cangaço

Erguerei hoje minha débil voz para louvar o Sr. Getúlio Vargas. Aprovo de coração aberto o veto que ele deu a uma lei que mandava abrir um crédito de mil e duzentos contos para a campanha contra o cangaceirismo.

O presidente vetou porque não há recursos, isto é, por falta de dinheiro. Eu vetaria por amor ao cangaço.

Lampião, que exprime o cangaço, é um herói popular do Nordeste. Não creio que o povo o ame só porque ele é mau e bravo. O povo não ama à toa. O que ele faz corresponde a algum instinto do povo. Há algum pensamento certo atrás dos óculos de Lampião; suas alpercatas rudes pisam algum terreno sagrado.

Bárbaro, covarde, ele é. Dizem que conseguiu ser tão bárbaro e covarde como a polícia — a polícia que o persegue em todas as fronteiras. Mas é preciso lembrar que ele está sempre em guerra; e na guerra como na guerra. Retirai de seu aconchego doce qualquer de nossos ilustres e luxuosos generais; colocai-o à frente de um bando, mandai-o lutar uma luta rude, dura, de morte, através dos dias, das semanas, dos meses, dos anos. Ele se tornará também bárbaro e covarde.

O cangaço não é um acidente. É uma profissão. Nasce, vive e morre gente dentro dessa profissão. O tempo corre. Filhos de cangaceiros são cangaceiros, serão pais de cangaceiros. Eles não estão organizados em sindicatos nem em associações recreativas: estão organizados em bandos.

Ora, a vida do cangaço não pode ser muito suave. É uma vida cansativa e dura de roer. Quando centenas de homens vivem essa vida, é preciso desconfiar que não o fazem por esporte nem por excesso de "maus instintos".

O cangaceiro é um homem que luta contra a propriedade, é uma força que faz tremer os grandes senhores feudais do sertão. Se alguns desses senhores se aliam aos cangaceiros, é apenas por medo, para poderem lutar contra outros senhores, para garantirem a própria situação.

Ora, para as massas pobres e miseráveis da população do Nordeste, a ação dos cangaceiros não pode ser muito antipática. E é até interessante.

As atrocidades dos cangaceiros não foram inventadas por eles, nem constituem monopólio deles. Eles aprenderam ali mesmo, e em muitos casos, aprenderam à própria custa. De resto, a acreditar no que José Jobim, um rapaz jornalista, escreveu em *Hitler e Seus Comediantes*, agora em segunda edição, os cangaceiros são anjinhos ao lado dos nazistas.

Os métodos de Lampião são pouco elegantes e nada católicos. Que fazer? Ele não tem tempo de ler os artigos do Sr. Tristão de Ataíde, nem as poesias do Sr. Murilo Mendes. É estúpido, ignorante. Mas se o povo o admira é que ele se move na direção de um instinto popular. Dentro de sua miséria moral, de sua inconsciência, de sua crueldade, ele é um herói — o único herói de verdade, sempre firme. A literatura popular, que o endeusa, é cretiníssima. Mas é uma literatura que nasce de uma raiz pura, que tem a sua legítima razão social e que só por isso emociona e vale.

Vi um velho engraxate mulato, que se babava de gozo lendo façanhas de Antônio Silvino. Eu percebi aquele gozo obscuro e senti que ele tinha alguma razão. Todos os homens pobres do Brasil são lampiõezinhos recalcados; todos os que vivem mal, comem mal, amam mal. Dar mil e duzentos contos para combater o herói seria uma tristeza. Eu por mim (quem está falando e suspirando aqui é o rapazinho mais pacato do perímetro urbano) confesso que as surtidas de Lampião me interessam mais que as surtidas do Sr. Antônio Carlos.

Não sou cangaceiro por motivos geográficos e mesmo por causa de meu reumatismo. Mas dou àqueles bravos patrícios o meu inteiro apoio moral — ou imoral, se assim o preferis, minha ilustre senhora.

Rio, fevereiro, 1935.

Batalha no Largo do Machado

Como vos apertais, operários em construção civil, empregados em padarias, engraxates, jornaleiros, lavadeiras, cozinheiras, mulatas, pretas, caboclas, massa torpe e enorme, como vos apertais! E como a vossa marcação é dura e triste! E sobre essa marcação dura a voz do samba se alastra rasgada:

"Implorar
Só a Deus
Mesmo assim às vezes não sou atendido.
Eu amei..."

É um profundo samba orfeônico para as amplas massas. As amplas massas imploram. As implorações não serão atendidas. As amplas massas amaram. As amplas massas hoje estão arrependidas. Mas amanhã outra vez as amplas massas amarão... As amplas massas agora batucam...

Tudo avança batucando. O batuque é uniforme. Porém dentro dele há variações bruscas, sapateios duros, reviramentos tortos de corpos no apertado. Tudo contribui para a riqueza interior e intensa do batuque. Uma jovem mulata gorducha pintou-se bigodes com rolha queimada. Como as vozes se abrem espremidas e desiguais, rachadas, ritmadas, e rebentam, machos e fêmeas, muito para cima dos fios elétricos, perante os bondes paralisados, chorando, altas, desesperadas!

Como essas estragadas vozes mulatas estalam e se arrastam no ar, se partem dentro das gargantas vermelhas. Os tambores surdos fazem o mundo tremer em uma cadência negra, absoluta. E no fundo a cuíca geme e ronca, nos puxões da mão negra. As negras estão absolutas com seus corpos no batuque. Vede que vasto crioulo que tem um paletó que já foi dólmã de soldado do Exército Nacional, tem gorro vermelho, calça de casimira arregaçada para cima do joelho, botinas sem meia, e um guarda-chuva preto rasgado, a boca berrando, o suor suando. Como são desgraçados e puros, e aquela negra de papelotes azuis canta como se fosse morrer. Os ranchos se chocam, berrando, se rebentam, se misturam, se formam em torno do surdo de barril, à base de cuícas, tamborins e pandeiros que batem e tremem eternamente. Mas cada rancho é um íntegro, apenas os cordões se dissolvem e se reformam sem cessar, e os blocos se bloqueiam.

Meninas mulatas, e mulatinhas impúberes e púberes, e moças mulatas e mulatas maduras, e maduronas, e estragadas mulatas gordas. Morram as raças puras, morríssimam elas! Vede tais olhos ingênuos, tais bocas de largos beiços puros, tais corpos de bronze que é brasa, e testas, e braços, e pernas escuras, que mil escalas de mulatas! Vozes de mulatas, cantai, condenadas, implorai, implorai, só a Deus, nem a Deus, à noite escura arrependidas. Pudesse um grande sol se abrir no céu da noite, mas sem deturpar nem iluminar a noite, apenas se iluminando, e ardendo, como uma grande estrela do tamanho de três luas pegando fogo, cuspindo fogo, no meio da noite! Pudesse esse astro terrível chispar, mulatas, sobre vossas cabeças que batucam no batuque.

O apito comanda, e no meio do cordão vai um senhor magro, pobre, louro, que leva no colo uma criança que berra, e ele canta também com uma voz que ninguém pode ouvir. As caboclas de cabelos pesados na testa suada, com os corpos de seios grandes e duros, caboclos, marcando o batuque. Os negros e mulatos inumeráveis, de macacão, de camisetas de seda de mulher, de capa de gabardine apenas, chapéus de palha, cartolas, caras com vermelhão. Batucam!

Vai se formar uma briga feia, mas o cordão berrando o samba corta a briga, o homem fantasiado de cavalo dá um coice no soldado, e o cordão empurra e ensurdece os briguentos, e tudo roda dentro do samba. Olha a clarineta quebrada, o cavaquinho oprimido, o violão que ficou surdo e mudo, e que acabou rebentando as cordas sem se fazer ouvir pelo povo e se mudando em caixa, o pau batendo no pau, o chocalho de lata, o tambor marcando, o apito comandando, os estandartes dançando, o bodum pesando.

Mas que coisa alegre de repente, nesses sons pesados e negros, uma sanfoninha cujos sons tremem vivos, nas mãos de um moleque que possui um olho furado. Juro que iam dois aleijados de pernas de pau no meio do bloco, batendo no asfalto as pernas de pau.

Com que forças e suores e palavrões de barqueiros do Volga esses homens imundos esticam a corda defendendo o território sagrado e móvel do povo glorioso da escola de samba da Praia Funda! No espaço conquistado as mulatas vestidas de papel verde e amarelo, barretes brancos, berram prazenteiras e graves, segurando arcos triunfais individuais de flores vermelhas. Que massa de meninos no rabo do cortejo, meninos de oito anos, nove, dez, que jamais perdem a cadência, concebidos e gerados e crescidos no batuque, que batucarão até morrer!

De repente o lugar em que estais enche demais, o suor negro e o soluço preto inundam o mundo, as caras passam na vossa cara, os braços dos que batucam espremem vossos braços, as gargantas que cantam exigem de vossa garganta o canto da igualdade, liberdade, fraternidade. De repente em redor o asfalto se esvazia e os sambas se afastam em torno, e vedes o chão molhado, e ficais tristes, e tendes vontade de chorar de desespero.

Mas outra vez, não pára nunca, a massa envolve tudo. Pequenos cordões que cantam marchinhas esgoeladas correm empurrando, varando a massa densa e ardente, e no coreto os clarins da banda militar estalam.

Febrônio fugiu do Manicômio no chuvoso dia de sexta-feira, 8 de fevereiro de 1935... Foi preso no dia 9 à tarde. Neste dia de domingo, 10 de fevereiro pela manhã, o *Diário de Notícias* publica na primeira página da segunda seção:

"A sensacional fuga de Febrônio, do Manicômio Judiciário, onde se achava recolhido, desde 1927, *constituiu um verdadeiro pavor para a população carioca.* A sua prisão, ocorrida na tarde de ontem, veio trazer a tranqüilidade ao espírito de todos, *inclusive ao das autoridades* que o procuravam."

Que repórter alarmado! Injuriou, meus senhores, o povo e as autoridades. Encostai-vos nas paredes, população! Mas eis que na noite do dia chuvoso de domingo, 10 de fevereiro, ouvimos:

"Bicho Papão
Bicho Papão
Cuidado com o Febrônio
Que fugiu da Detenção..."

Isso ouvimos no Largo do Machado, e eis que o nosso amigo Miguel, que preferiu ir batucar em Dona Zulmira, lá também ouviu, naquele canto glorioso de Andaraí, a mesma coisa. Como se esparrama pelas massas da cidade esparramada essa improvisação de um dia? As patas inumeráveis batem no asfalto com desespero. O asfalto porventura não é vosso eito, escravos urbanos e suburbanos?

A cuíca ronca, ronca, ronca, estomacal, horrível, é um ronco que é um soluço, e eu também soluço e canto, e vós também fortemente cantais bem desentoados com este mundo. A cuíca ronca no fundo da massa escura, dos agarramentos suados, do batuque pesadão, do bodum. O asfalto está molhado nesta noite de chuvoso domingo. Ameaça chuva, um trovão troveja. A cuíca de São Pedro também está roncando. O céu também sente fome, também ronca e soluça e sua de amargura?

Nesta mormacenta segunda-feira, 11 de fevereiro, um jornal diz que "a batalha de confete do Largo do Machado esteve brilhantíssima".

Repórter cretiníssimo, sabei que não houve lá nem um só miserável confete. O povo não gastou nada, exceto gargantas, e dores e almas, que não custam dinheiro. Eis que ali houve, e eu vi, uma batalha de roncos e soluços, e ali se prepararam batalhões para o carnaval — nunca jamais "a grande festa do Rei Momo" —, porém a grande insurreição armada de soluços.

Rio, fevereiro, 1935.

O Conde e o Passarinho

Acontece que o conde Matarazzo estava passeando pelo parque. O conde Matarazzo é um conde muito velho, que tem muitas fábricas. Tem também muitas honras. Uma delas consiste em uma preciosa medalhinha de ouro que o conde exibia à lapela, amarrada a uma fitinha. Era uma condecoração.

Ora, aconteceu também um passarinho. No parque havia um passarinho. E esses dois personagens — o conde e o passarinho — foram os únicos da singular história narrada pelo *Diário de São Paulo.*

Devo confessar preliminarmente que, entre um conde e um passarinho, prefiro um passarinho. Torço pelo passarinho. Não é por nada. Nem sei mesmo explicar essa preferência. Afinal de contas, um passarinho canta e voa. O conde não sabe gorjear nem voar. O conde gorjeia com apitos de usinas, barulheiras enormes, de fábricas espalhadas pelo Brasil, vozes dos operários, dos teares, das máquinas de aço e de carne que trabalham para o conde. O conde gorjeia com o dinheiro que entra e sai de seus cofres, o conde é um industrial, e o conde é conde porque é industrial. O passarinho não é industrial, não é conde, não tem fábricas. Tem um ninho, sabe cantar, sabe voar, é apenas um passarinho e isso é gentil, ser um passarinho.

Eu quisera ser um passarinho. Não, um passarinho, não. Uma ave maior, mais triste. Eu quisera ser um urubu.

Entretanto, eu não quisera ser conde. A minha vida sempre foi orientada pelo fato de eu não pretender ser conde. Não amo os condes. Também não amo os industriais. Que amo eu? Pierina e pouco mais. Pierina e a vida, duas coisas que se confundem hoje, e amanhã mais se confundirão na morte.

Entendo por vida o fato de um homem viver fumando nos três primeiros bancos e falando ao motorneiro. Ainda ontem ou anteontem assim escrevi. O essencial é falar ao motorneiro. O povo deve falar ao motorneiro. Se o motorneiro se fizer de surdo, o povo deve puxar a aba do paletó do motorneiro. Em geral, nessas circunstâncias, o motorneiro dá um coice. Então o povo deve agarrar o motorneiro, apoderar-se da manivela, colocar o bonde a nove pontos, cortar o motorneiro em pedacinhos e comê-lo com farofa.

Quando eu era calouro de Direito, aconteceu que uma turma de calouros assaltou um bonde. Foi um assalto imortal. Marcamos no relógio quanto nos deu na cabeça, e declaramos que a passagem era grátis. O motorneiro e o condutor perderam, rápida e violentamente, o exercício de suas funções. Perderam também os bonés. Os bonés eram os símbolos do poder.

Desde aquele momento perdi o respeito por todos os motorneiros e condutores. Aquilo foi apenas uma boa molecagem. Paciência. A vida também é uma imensa molecagem. Molecagem podre. Quando poderás ser um urubu, meu velho Rubem?

Mas voltemos ao conde e ao passarinho. Ora, o conde estava passeando e veio o passarinho. O conde desejou ser que nem o seu patrício, o outro Francisco, o Francisco da Úmbria, para conversar com o passarinho. Mas não era o Santo Francisco de Assis, era apenas o conde Francisco Matarazzo. Porém, ficou encantado ao reparar que o passarinho voava para ele. O conde ergueu as mãos, feito uma criança, feito um santo. Mas não eram mãos de criança nem de santo, eram mãos de conde industrial. O passarinho desviou e se dirigiu firme para o peito do conde. Ia bicar seu coração? Não, ele não era um bicho grande de bico forte, não era, por exemplo, um urubu, era apenas um passarinho. Bicou a fitinha, puxou, saiu voando com a fitinha e com a medalha.

O conde ficou muito aborrecido, achou muita graça. Ora essa! Que passarinho mais esquisito!

Isso foi o que o *Diário de São Paulo* contou. O passarinho, a esta hora assim, está voando, com a medalhinha no bico. Em que peito a colocareis, irmão passarinho? Voai, voai, voai por entre as chaminés do conde, varando as fábricas do conde, sobre as máquinas de carne que trabalham para o conde, voai, voai, voai, voai, passarinho, voai.

Rio, fevereiro, 1935.

A Lua e o Mar

A lua domina o mar. Quando a lua é cheia, a maré baixa vai mais baixo do que nunca. A praia não tem palmeiras, e isso faz uma falta muito triste. Nós possuíamos antigamente dois coqueiros. Ficavam atrás das canoas. Em noites de lua cheia as suas folhas de prata verde dançavam na areia branca. Mas o capitão em férias gostava de fazer exercícios de tiro ao alvo. Atirou nas palmeiras. Atirou no peito das duas palmeiras irmãs. Elas durante duas noites ainda agitaram suas palmas no ar, ainda reagiram contra o vento. Mas a seiva do peito escorria pelos troncos longos. As balas do capitão poderiam ter ferido aqueles troncos. As palmeiras nada sofreriam. Poderiam ter cortado a haste de uma palma. Uma palma despencaria dançando ao vento e o vento ainda a arrastaria sobre a areia branca e solta, até que as folhas fossem enterradas na areia morena e molhada. Mas o capitão atirou no peito da palmeira mais alta.

A bala penetrou ali como em carne túmida. A seiva veio escorrendo do fundo do peito. Quem nunca estudou botânica sabe que palmeira da beira da praia tem um coração verde.

A seiva branca invade aquele coração e o coração verde palpita. A palmeira mais alta, aquela que mais de perto sabia dançar para a lua, que mais longe fazia dançar na areia alva a sua sombra, a palmeira mais alta teve o coração malferido. As palmas altivas que lutavam contra o nordeste mais bravo, e onde o terral que ia à noite para o meio do mar dava o último beijo na vida da terra, pouco a pouco enfraqueceram e murcharam. O tronco alto e fino não teve mais vida para continuar erguido, e o sudoeste o derrubou numa tarde de chuva. A palmeira menor acompanhou sua irmã, que também ela tinha o coração ferido.

Agora ali os pescadores vão estender suas redes. É atrás do pouso das canoas velhas. O capim cheio de espinhos agoniza na areia salgada. Ali podereis ver ainda dois pequenos tocos. Ali tínhamos duas palmeiras. E elas dançavam para a lua.

A lua é cheia. Armando me fala da lua do Ceará. Armando jamais voou sobre as ondas em jangada, em noite de lua. Porém, ele fala com mágoa da lua do Ceará. Ele tem uma namorada muito loura e fina. A namorada mora em uma rua sossegada. Rua de bairro sossegado do Rio de Janeiro. Armando, em noite de lua, conversou com a namorada na rua dormente. As pequenas árvores urbanas, habitualmente tão prosaicas, tão funcionárias, estavam líricas. Armando idem. Os cabelos louros da namorada de Armando, que talvez fossem apenas de um louro vêneto, estavam platinados sob o luar. Muito, muito raro, passava um passante. Os cabelos eram de prata, eram de leite, eram de ouro, de seda? Cintilavam, o luar escorria neles, e eles beijados pelo luar se cercavam de um doce nimbo. A conversa foi longa e tímida. Armando disse tanta coisa sobre a lua do Ceará. O Ceará tem uma lua especial. Não há nenhuma água no céu, a lua brilha no ar seco, as estrelas se multiplicam por mil e se dividem por um e assim formam uma espécie de luar suplementar. Armando pretendia que na lua nova o brilho das estrelas fazia sombra nítida na praia. Eu indaguei se eram assim tão claras as estrelas cearenses. Armando suspirou dizendo que a lua do Ceará brilhava tanto e tanto — ai! — que em chegando a lua nova ainda havia no ar um resto do luar da lua cheia. Seria, talvez, delírio de Armando. Mas não o acuseis, criaturas. A sua namorada ao seu lado na rua dormente era loura e tinha o talhe da palmeira como Iracema e Sulamita. Mas a sua pele não tinha a cor trigueira do corpo de Iracema, de Sulamita e das palmeiras da Bíblia e do Brasil. A sua pele tinha a cor da seiva das palmeiras, era muito alva, a cor do luar. E é preciso perdoar Armando, criaturas, pois sua namorada estava vestida de azul. Assim em delírio ele disse que a jangada voava sobre as ondas. As velas pandas voavam nas espumas para o mar alto. A jangada tanto deslizou que começou a se erguer das águas e foi voando no ar, voando pelo céu. Parecia uma garça que voasse no alto-mar entre o mar e a lua. Mas — ai! — as garças voam de preferência sobre os brejos.

A jangada de velas brancas está voando. Armando está na rua dormente namorando, e a conversa é longa e tímida, e a namorada se vestiu de azul, e seus cabelos são de ouro desmaiado, espuma de leite, prata, seda?

O fato é que, quanto a nós, já não possuímos nenhuma palmeira. Apenas lá vereis dois pobres tocos, no pouso das canoas velhas, onde os pescadores estendem suas redes e o capim cheio de espinhos agoniza na areia salgada.

Mas a lua é sempre lua. A maré começou a descer já noite. A praia cresceu tanto que parece infinita. A maré tão baixinha soluça longe entre pedras cobertas de algas. Como está claríssima de luar a praia! Que mar humilde e distante!

A lua domina o mar. Ela domina tudo. Armando sabe coisas a respeito de sua magia. Armando, me empresta esses olhos líricos, no fundo dessas olheiras, que eu preciso de magia. Eu quero ver ao luar as palmeiras mortas se erguerem na minha praia. Se erguerem piedosamente ao luar, até que as palmas de prata verde bem altas possam dançar para a lua. Eu quero essa visão das palmeiras irmãs ressuscitando no céu da noite enluarada.

É doloroso constatar, Armando, que isso é impossível no momento. Você agora tem de ir dar o plantão no hospital e eu, depois deste, preciso escrever outro artigo, para ganhar tem-tem.

Rio, março, 1935.

Conto Histórico

Ele acabou se hospedando em uma pensão do Catete. A rua começava na praia e ia findar para lá da Rua do Catete, em Bento Lisboa, debaixo do morro. O quarto tinha água corrente e era muito quente pela tarde. A janela dava para um muro.

Morava sozinho naquele quarto. Em vista disso logo se disse, na pensão, que ele devia ser estudante, filho de algum fazendeiro rico. Era estudante, não tinha pai nem mãe, e não era rico, era remediado. Freqüentava a Faculdade de Direito, em um pardieiro sujo e escuro da Rua do Catete.

Fazia calor. Ele vestia a roupa de banho comprada na véspera, o roupão novinho. Naquele tempo, em 1935, era muito animado o banho no Flamengo. A prainha entre o muro e o mar ficava espremida, cheia de gente. Uma prainha péssima. Sempre a água suja de óleo, um óleo preto e pesado que pegava na pele. Devido à posição do lugar na baía ventava pouco: quem tomava banho de sol ficava suado. A areia era suja e aos domingos era tão difícil andar pela praia sem pisar em algum banhista. As mulheres vinham para o banho vestidas com a vestimenta então em voga, denominada maiô. Essa vestimenta deixava-lhes as pernas livres, mas vedava o corpo até acima dos seios. Os homens usavam simples calções de lã. Aliás para o trânsito das casas para a praia era exigido pela polícia de então o uso de grossos roupões. As pessoas mais pobres, podiam, entretanto, usar paletós de pijamas.

A praia era de tal modo acanhada que, quando acontecia haver grande concorrência e a maré estar relativamente alta, havia dificuldade para se deixar o roupão em um lugar seguro.

Pedro não conhecia ninguém e estava sentado na areia com um ar aborrecido, pois o mormaço o obrigava a apresentar a cara em estado de careta permanente, os olhos apertados. Um sujeito passou sacudindo o roupão sujo de areia e jogou areia em seus olhos. Um menino que tinha saído d'água respingou nele. Um dos quatro rapazes que jogavam uma pequena bola de borracha acertou com a bola o seu nariz. Esses incidentes fizeram com que Pedro tivesse a impressão de ser um intruso indesejável naquela praia.

Olhava as mulheres. Duas moças de maiô preto, uma de chapéu de palha, conversavam encostadas ao muro. Naquele tempo existiam as chamadas "moças". Eram mulheres que, embora já fossem aptas para a vida normal, se conservavam em recato durante muitos anos. Isso era devido ao hábito do casamento, um dos mais curiosos e bárbaros costumes da época. Quem quiser estudar mais detidamente essa questão pode ler as obras de nosso jovem historiador Wells, que procura retratar com fidelidade o atraso daqueles recuados tempos.

As "moças" assim se conservavam até os vinte e mesmo vinte e cinco anos. A história de então registra casos de mulheres que, embora fossem sãs e bem proporcionadas, assim permaneciam toda a vida, por superstição religiosa ou motivos econômicos.

Entre os homens já não havia semelhante hábito, embora eles fossem vítimas de muitas restrições morais. Disso decorria que o número de homens úteis era sempre muito superior ao número de mulheres úteis. É preciso não esquecer ainda que o chamado casamento era perpétuo, o que agravava ainda mais as ridículas condições da vida humana naqueles tempos. As mulheres eram muito procuradas pelos homens, que para isso usavam de variados e engraçados artifícios. Os homens ricos (é preciso recordar que naquele tempo havia homens ricos e pobres. Os primeiros eram donos das terras, das casas e das máquinas, e os segundos viviam em condições miseráveis. Assim sendo, os primeiros tinham grande interesse em manter o estado de coisas, e para isso faziam e executavam leis como a chamada "Lei Rao" de 1935, no Brasil) — os homens ricos podiam dispor com facilidade das mulheres, pois para isso tinham não apenas o chamado "dinheiro", como as máquinas, ainda rudimentares, denominadas automóveis, muito do agrado das mulheres.

Pedro olhava as mulheres. Em sua frente uma adolescente, sentada na areia com os braços para trás, deixava entrever, pelo decote do maiô, grande parte do seu pequeno seio esquerdo, muito alvo, em contraste com as coxas, o rosto, a garganta e o colo tostados pelo sol. Pedro sentiu uma pequena moleza pelo corpo e é por isso que esticou o corpo e se deitou. O sol aparecera entre as nuvens leitosas e pesadas. Ele olhou para o céu. Meio tonto, com a vista escura, o corpo suado, os cabelos sujos de areia, levantou-se.

Sem saber, Pedro amava o seu Catete. No Catete florescia e se agitava uma pequena burguesia instável e inquieta. Todas as pensões, absolutamente familiares e suspeitas. Um autor da época assim descreve o ambiente:

"O Catete é o nosso bairro mais nitidamente pequeno-burguês. Nele temos famílias, pensões e *rendez-vous*. Quando faz muito calor no Catete, à noite, as mulheres saem para as ruas, e ficam assanhadas para cá e para lá, como barata. A comparação é própria porque há muitas baratas nas pensões do Catete. Funcionários, professores, pequenos comerciantes, estudantes, mulheres dúbias, toda essa gente vive com uma certa tristeza. Há maridos enganados. Aí os bondes estrondam com mais força pela rua coalhada de cafés pelas esquinas, casas sujas, vendas de imóveis, engraxates, garagens, lojas apertadas e quitandas cheias de frutas, galinhas fedendo em capoeiras, verduras, ovos e moscas. Nas vilas discretas as famílias vivem sob o patrocínio dos algarismos romanos: I, II, III, IV e assim por diante.

A vida é medíocre, mas tem vida. Há histórias tristes e cômicas, e todas as histórias do Catete têm um sabor especial, um sabor próprio do clima do Catete. Os estudantes põem no prego os seus *smokings*, recebem 35$ e pagarão 42$ quando chegar a mesada. Há mulheres de trinta e quatro anos que são tristes e sem-vergonhas e que vivem sempre em dificuldades. Há mulheres sérias que esperam o bonde sem olhar para os lados. Porteiros e garçons de hotéis, moças que têm um namorado na vizinhança e outro em Botafogo e telefonam noite e dia. Os telefones do Catete estão sempre ocupados. Há açougues com anúncios em gás néon vermelho, rádios nas salas de jantar das pensões, cadeiras de vime nos pequenos parques dos hotéis remediados. Há uma falta e principalmente uma insuficiência de dinheiro crônica em todas as ruas. O Catete é um bairro intermediário. Seus habitantes sentem-se satisfeitos porque estão perto da cidade e perto do mar. Às 7 ou às 7,30 o Catete janta e janta mal, pratinhos com um ar importante e de fraco poder alimentício, pratinhos bestas das pensões familiares.

Às vezes, se faz calor, o Catete fermenta com uma grande e mesquinha fermentação humana. Falta água nos chuveiros. Os estudantes esforçam-se para conseguir convites para os bailes nos clubes. Na madrugada dos domingos e segundas-feiras, os estudantes vindos dos bailes saltam dos bondes no Largo do Machado, vestidos de *smoking*. O *smoking* que está com um sempre é do outro. Quase todos trazem os colarinhos duros desbotados e os laços das gravatinhas pretas desfeitos, e vão comer no Lamas ou em botequins sujos. São ridículos e boêmios assim vestidos na madrugada que agoniza com as lâmpadas elétricas, comendo filés, bebendo cerveja. Já não se pode arranjar mulata nenhuma em nenhuma esquina. Os que beberam cerveja barata sentem um lirismo fermentando diante da rua escura. Longe vem um bonde iluminado e barulhento. Na esquina há um poste com o sinal vermelho, sangue na penumbra grossa. Alguns estudantes caminham até a praia, para ver o sol nascer. Na praia já estão alguns banhistas, os que querem ser atletas, os que trabalham desde as 7 horas, os que acreditam que o banho de mar cedinho faz muito bem à saúde. Às 7 horas chegarão famílias de judeus com cara de sono. Mas os estudantes que foram ver o sol nascer voltam enjoados, cansados, antes do sol nascer. As águas das ondas fracativas e doces mugem debaixo das pedras do Flamengo. O mar parece um boi acordando e espelha os primeiros vermelhões do céu do outro lado da baía, dos lados de Jurujuba, das montanhas e morros baixos do litoral."

Essa interessante narrativa da época ajudará o leitor a compreender o ambiente em que Pedro vivia.

Sobre a questão de transportes convém assinalar, na transcrição acima, o trecho que diz — "o Catete é um bairro intermediário". É que o Catete ficava entre a cidade e outros bairros. Não era "fim de linha".

As pessoas menos remediadas de Laranjeiras, Botafogo, Águas Férreas e Gávea passavam em bondes, vindas também dos bairros elegantes de fora da baía. Outras passavam para a cidade em ônibus e automóveis, que duas vezes por semana atropelavam um habitante do Catete ou do Flamengo.

Essas informações, tão exatas quanto possível, colhemos em jornais e livros da época. Elas servirão aos leitores para verificarem o interesse que deve ter a história sobre *A Vida de um Homem em 1935*, que publicaremos breve, edição do Centro de Estudos Históricos.

Rio, março, 2035.

Chegou o Outono

Não consigo me lembrar exatamente o dia em que o outono começou no Rio de Janeiro neste 1935. Antes de começar na folhinha ele começou na Rua Marquês de Abrantes. Talvez no dia 12 de março. Sei que estava com Miguel em um reboque do bonde Praia Vermelha. Nunca precisei usar sistematicamente o bonde Praia Vermelha, mas sempre fui simpatizante. É o bonde dos soldados do Exército e dos estudantes de Medicina. Raras mulatas no reboque; liberdade de colocar os pés e mesmo esticar as pernas sobre o banco da frente. Os condutores são amenos. Fatigaram-se naturalmente de advertir soldados e estudantes; quando acontece alguma coisa eles suspiram e tocam o bonde. Também os loucos mansos viajam ali, rumo do hospício. Nunca viajou naquele bonde um empregado da City Improvements Company. Praia

Vermelha não tem esgotos. Oh, a City! Assim mesmo se vive na Praia Vermelha. Essenciais são os esgotos da alma. Nossa pobre alma inesgotável! Mesmo depois do corpo dar com o rabo na cerca e parar no buraco do chão para ficar podre, ela, segundo consta, fica esvoaçando pra cá, pra lá. Umas vão ouvir Francesca da Rimini declamar versos de Dante, outras preferem a harpa de Santa Cecília. A maioria vai para o Purgatório. Outras perambulam pelas sessões espíritas, outras à meia-noite puxam o vosso pé, outras no firmamento viram estrelinhas. Os soldados do Exército não podem olhar as estrelas: lembram-se dos generais. Lá no céu tem três estrelas, todas três em carreirinha. Uma é minha, outra é sua. O cantor tem pena da que vai ficar sozinha. Que faremos, ó meu grande e velho amor, da estrela disponível? Que ela fique sendo propriedade das almas errantes. Nossas pobres almas erradas!

Eu ia no reboque, e o reboque tem vantagens e desvantagens. Vantagem é poder saltar ou subir de qualquer lado, e também a melhor ventilação. Desvantagem é o encosto reduzido. Além disso, os vossos joelhos podem tocar o corpo da pessoa que vai no banco da frente; e isso tanto pode ser doce vantagem como triste desvantagem. Eu havia tomado o bonde na Praça José de Alencar; e quando entramos na Rua Marquês de Abrantes, rumo de Botafogo, o outono invadiu o reboque. Invadiu e bateu no lado esquerdo de minha cara sob a forma de uma folha seca. Atrás dessa folha veio um vento, e era o vento do outono. Muitos passageiros do bonde suavam.

No Rio de Janeiro faz tanto calor que depois que acaba o calor a população continua a suar gratuitamente e por força do hábito durante quatro ou cinco semanas ainda.

Percebi com uma rapidez espantosa que o outono havia chegado. Mas eu não tinha relógio, nem Miguel. Tentei espiar as horas no interior de um botequim, nada conseguindo. Olhei para o lado. Ao lado estava um homem decentemente vestido, com cara de possuidor de relógio.

— O senhor pode ter a gentileza de me dar as horas?

Ele espantou-se um pouco e, embora sem nenhum ar gentil, me deu as horas: 13,48. Agradeci e murmurei: chegou o outono. Ele deve ter ouvido essa frase tão lapidar, mas aparentemente não ficou comovido. Era um homem simples e tudo o que esperava era que o bonde chegasse a um determinado poste.

Chegara o outono. Vinha talvez do mar e, passando pelo nosso reboque, dirigia-se apressadamente ao centro da cidade, ainda ocupado pelo verão. Ele não vinha soluçando *les sanglots longs des violons* de Verlaine, vinha com tosse, na quaresma da cidade gripada.

As folhas secas davam pulinhos ao longo da sarjeta; e o vento era quase frio, quase morno, na Rua Marquês de Abrantes. E as folhas eram amarelas, e meu coração soluçava, e o bonde roncava.

Passamos diante de um edifício de apartamentos cuja construção está paralisada no mínimo desde 1930. Era iminente a entrada em Botafogo; penso que o resto da viagem não interessa ao grosso público. O próprio começo da viagem creio que também não interessou. Que bem me importa. O necessário é que todos saibam que chegou o outono. Chegou às 13,48 horas, na Rua Marquês de Abrantes, e continua em vigor. Em vista do que, ponhamo-nos melancólicos.

Rio, março, 1935.

Noturno de Bordo

Não, Rubem, tu não serás jamais um homem de navio. Passageiro de terceira ou passageiro de primeira, tu, que não enjoas, que amas o mar sobre todas as coisas, tu nunca terás alma de passageiro. Eis os imigrantes que emigram. Vão de regresso para a Alemanha, para a Áustria. Vão para a guerra? Onde vão? Na terceira classe funciona uma sanfona. Um velho alemão faz gemer a sanfona. Tem os bigodes brancos e ruivos enormes. A cara é triste, magra e parada, cara de velho doente. Dança-se. Quem dança? É um homem de quarenta e três anos; uma mulher de trinta e oito. Gorda, rosada, usada. Dançam. A dança é bávara. É fidalga e alegre. Mas o homem e a mulher são apenas imigrantes que emigram. Riem-se de si mesmos, visivelmente. Recordam tempos mortos em uma aldeia da Baviera. Dançam a dança leve pesadamente.

Outra mulher velhota canta. Também é gorda, mas sua voz é fina.

No salão da primeira ouvimos piano, violino e bateria. Tocam fox e marchas. Dança-se. O navio é lento. A noite é suja. Não há estrelas, nem um belo vento forte noturno, um sudoeste raivoso que fizesse a noite escura gemer.

As luzes do navio vão iluminando as águas. Mas as luzes de bordo chegam fracas dentro d'água, a água mal iluminada pela luz elétrica é feia. Tu, rapaz, serás sempre um canoeiro, um canoeiro, sem remédio, sem lâmpadas elétricas.

Uns vomitam, outros dormem. Há quem toque e quem dance — e tu não danças nem tocas, nem dormes nem vomitas. Tu apenas reparas que a água do mar, a coisa mais linda, aparece feia e triste sob a luz elétrica de bordo.

Na terceira do Lloyd Brasileiro os homens dormem no porão. Os beliches estreitos são alinhados em dois andares e enchem demais o porão.

O ar tenta entrar por cima e pelas vigias. Mas não consegue penetrar neste ar de dentro, pesado, sujo, quente, úmido, com um cheiro sufocante de sarro, de mercadorias, de porão.

Há homem demais nos beliches, entre homens, sobre homens. Uns fedem, outros rezam antes de dormir, outros dormindo dizem palavras feias em dialetos que ninguém entende. Uns dormem completamente vestidos, outros completamente nus, outros não dormem. Ficam no beliche exíguo olhando a fraca lâmpada elétrica acesa perto de sua cara, vendo os corpos dos outros homens se mexendo nos outros beliches. As mulheres estão em outros compartimentos do porão. Muitos se julgam pessimamente instalados em suas camas em um porão tão cheio. É engano deles, ilusão deles. É necessário não esquecer que sobrou gente lá para cima, junto da proa, onde o navio joga demais e o vento é irritantíssimo quando chove.

Gasto meia hora conversando com um tuberculoso suíço. Conta mistérios a respeito de certas mulheres que vão a bordo. Ah, certas mulheres já bem maduras da classe intermediária... ele viu alguma coisa. Em sua opinião o leite das vacas suíças é excelente e a vida não presta. Tu, Rubem, nada entendes a respeito de vacas, e pouco a respeito de vida.

O baile da primeira classe acabou, os passageiros vão para os camarotes. Quatro frades fumam cachimbos, conversam em alemão e gargalham em alemão. Deixemos abertas as vigias do camarote. Permitamos que o companheiro ronque. Fechemos o livro, a luz, os olhos. Amanhã cedo será Vitória. Hoje o sol morreu em Cabo Frio, atrás do rochedo tão alto. O mar estava belo, havia um nordeste embora fraco. O sol se espalhou em sangue no mar. Vieram tubarões. Tubarões, acaso o sangue do sol moribundo vos assanhou? De todos os sangue só tu, sangue do sol, não assanhas os tubarões, pois és apenas sangue de luz. Fecha o livro, as vigias, a luz, os olhos, fecha. És um canoeiro, nada além de um canoeiro.

Bahia, abril, 1935.

VÉSPERA DE S. JOÃO NO RECIFE

O que é da terra, é da terra, e fala da terra, João, eu falarei da terra. Ora, João, tu tinhas um vestido de peles de camelo, e uma cinta de couro em volta de teus rins; e a tua comida era gafanhotos e mel silvestre. E a filha de Herodias bailou, e era linda. E quando disse o que queria neste mundo, o rei entristeceu. Eras a voz que clama no deserto, e clamavas na cadeia. E tua cabeça veio num prato para as mãos da bailarina.

João, esta geração de homens continua a mesma da qual disse o Senhor: "São semelhantes aos meninos que estão assentados no terreiro, e que falam uns para os outros e dizem: nós temos cantado ao som da gaita, para vos divertir, e vós não bailastes; temos cantando em ar de lamentação, e vós não chorastes."

João, ontem foi a noite de véspera de teu dia. O povo

bailava ao som de gaitas. Não bailei nem chorei. Estive em Boa Vista, Afogados, Areias, Tigipió, na Estrada de Jaboatão. E estive em Campo Grande e Beberibe. E estive, por que não dizer?, na zona noturna da ilha do Recife. E em toda a parte o povo te festejava.

Às vezes chovia furiosamente, às vezes a lua brilhava. E às vezes o céu ficava parado e fechado, sem luz e sem chuva. Mas na terra humilde, a noite era sempre a mesma. As casinhas, à margem das ruas esburacadas, estavam alumiadas por lanternas. É um enfeite triste, colorido, de uma luz pobre. Nas janelas e nas portas se penduravam as estrelas. Estrelas gordas de papel de cor, com uma luz fraca por dentro. Esses balões estrelados, cativos da parede, forneciam imagens nas ruas tão escuras. As estrelas do céu, por exemplo, haviam descido para a terra, para perto da lama, para as casinhas baixas. E teu retrato, segurando o menino Jesus, estava colado nelas. Pelos quintais enlameados, as fogueiras ardiam. Firmadas por quatro estacas, com folhas de cana, bananeiras-meninas enterradas em volta, as fogueiras enfeitadas, de espaço a espaço, ensangüentavam a noite preta. Elas haviam brotado nos oitões, nos mangues, nos pomares, junto das pontes, ao longo das ruas, pelos fundos dos matos, como flores de fogo na noite preta.

E os fogos pipocavam. O Recife, João, todos já sabem que é um prato raso. A água é quase irmã da terra, beijando a flor das ruas, e as pontes quase se apóiam na massa líquida, e, para ver a cidade, é preciso andar toda a cidade...

Os fogos pipocavam pela noite adentro. Uns tinham estalos secos, intermitentes, esparsos; outros rebentavam roucos; outros chiavam; outros crepitavam; outros eram urros de pólvora. Eu não estava no meio da noite, eu estava no centro de muitas noites. E muitas noites antigas avançavam, negras, sobre mim, e eu as reconhecia, penosamente. Estava deitado na trincheira, fazia três abaixo de zero. Os fuzis inimigos amorosamente derrubavam folhas sobre mim, as balas passavam com uns silvos finos e iam morrer no fundo do mato. Eu bebera cachaça, estava deitado na terra fria da trincheira e, pelas montanhas enormes, pelos buracos dos vales fundos, as metralhadoras crepitavam, crepitavam.

João, eu as conhecia pelo sotaque; eram todas estrangeiras. Aquela do oeste era Hotchkiss pesada, a que estava embaixo era Colt, uma cacarejando em nossa frente era Zebê, e centenas de máquinas cuspiam fogo. Agora, sobre o meu crânio, assobiavam apenas os fuzis Mauser dos caçadores de trincheiras, e longe, do outro lado da linha, do outro lado da noite, roncou um Schneider. Nas primeiras noites, João, eu não podia dormir, e as granadas, quando rebentavam a cinqüenta metros, rebentavam dentro de meu peito. Agora eu desistira de ter qualquer medo, e o metralhar imenso me dava sono. Eu apenas temia morrer não tendo nome nenhum de mulher para dizer as palavras do fim. Eu voava nos caminhões de munição, acossados pela metralha nas estradas, sobre o abismo, nas curvas onde as balas furavam as carrocerias, a toda a velocidade, de faróis apagados na noite escura, sacolejando e roncando terrivelmente. Mas para mim não era mais uma noite perigosa: era apenas uma grande noite triste. Eu não queria matar ninguém, não me importava se alguém me matasse, e dois sargentos me olhavam com ódio, murmurando que eu era um espião. Eu era espião,

João, João; eu era um espião da vida, no meio da morte. Eu ainda não tinha vinte anos, não tinha mais nenhum deus para me entender depois da morte, não tomava banho há um mês, estava sujo e magro, meus lápis de repórter quebrou a ponta. Havia esse mesmo crepitar de fogos pela vasta noite, e, junto dos acantonamentos, as fogueiras se acendiam para os soldados gelados. Meu papel de repórter estava sujo da terra das trincheiras, eu já não escrevia nada. A guerra era demasiado estúpida para não me fazer sorrir, eu não reconhecia aliados nem inimigos; apenas via homens pobres se matando para bem dos homens ricos; apenas via o Brasil se matando com armas estrangeiras. No fim, João, eu berrei contra os comerciantes da paz que haviam sido os comerciantes da guerra, e, entretanto, eu não conhecia o mecanismo das carnificinas; e me chamaram de cínico, quando somei os contos de réis que custava a morte de um soldado e disse que tal morte era muitas vezes mais cara que um naufrágio de primeira classe no *Principessa Malfalda,* só contando munição gasta. Eu não era cínico, João, eu, pelo menos, jamais fui cínico do cinismo dos cães de luxo; eu sempre tive o direito de ter o cinismo puro dos viralatas, sem casa nem dono.

João, eu não tenho mais dezenove anos, estou na rua e não na trincheira, mas esses estampidos na noite transformam a noite. João, alguém canta, moças cantam nos bailes dos palanques, entre canjiquinhas, milho verde, folhas, flores, fogueiras, abraços, olhares, amores, e outras noites me cercam. Eu tinha treze anos e naquela noite ela subitamente me amou. Me amou talvez apenas um minuto, sentiu uma ternura e me deu aquele lenço de seus cabelos. Era um lenço grande, de flores encarnadas e azuis, e aquela chita estava sempre em volta de sua garganta ou amarrada em seus cabelos. Eu dormi na praia e o lenço tinha um cheiro terno e quente de cabelos castanhos, e aquele cheiro me entontecia e nunca em noite nenhuma eu amei nem amarei mais amada com amor assim. João, naquela noite também havia cantos, e o vento do sudoeste no ar escuro tinha o mesmo cheiro.

João, são muitas noites antigas que me prendem no meio desta noite. Pobres as noites sob as lâmpadas da redação, mesquinhas as noites de trabalho insincero, tristes noites sem ternura noturna.

João, o povo, na noite imensa, festeja a ti. Há fogueiras e amores e bebedeiras, mas eu não irei a festa nenhuma. Amanhã, João, esse povo continuará na vida. Por que o distrais assim com teus fogos, João? Amanhã, os pobres estarão mais pobres e os ricos os esmagarão, e muitos homens irão clamar nas cadeias, como tu clamavas. João, amanhã outra vez a miséria dos donos da vida continuará deturpando a beleza da vida; as moças suburbanas irão perder a beleza no trabalho escravo; as crianças continuarão a crescer, magras e ignorantes; o suor dos homens será explorado. João, João, inútil João; o povo está gemendo, as metralhadoras se viram para os peitos populares. Ninguém dividiu as túnicas, nem os pães, como tu mandaste, João, inútil João.

Recife, junho, 1935.

Luto da Família Silva

A assistência foi chamada. Veio tinindo. Um homem estava deitado na calçada. Uma poça de sangue. A Assistência voltou vazia. O homem estava morto. O cadáver foi removido para o necrotério. Na seção dos "Fatos Diversos" do *Diário de Pernambuco*, leio o nome do sujeito: João da Silva. Morava na Rua da Alegria. Morreu de hemoptise.

João da Silva — Neste momento em que seu corpo vai baixar à vala comum, nós, seus amigos e seus irmãos, vimos lhe prestar esta homenagem. Nós somos os joões da silva. Nós somos os populares joões da silva. Moramos em várias casas e em várias cidades. Moramos principalmente na rua. Nós pertencemos, como você, à família Silva. Não é uma família ilustre; nós não temos avós na história. Muitos de nós usamos outros nomes, para disfarce. No fundo, somos os Silva. Quando o Brasil foi colonizado, nós éramos os degredados. Depois fomos os índios. Depois fomos os negros. Depois fomos imigrantes, mestiços. Somos os Silva. Algumas pessoas importantes usaram e usam nosso nome. É por engano. Os Silva somos nós. Não temos a mínima importância. Trabalhamos, andamos pelas ruas e morremos. Saímos da vala comum da vida para o mesmo local da morte. Às vezes, por modéstia, não usamos nosso nome de família. Usamos o sobrenome "de Tal". A família Silva e a família "de Tal" são a mesma família. E, para falar a verdade, uma família que não pode ser considerada boa família. Até as mulheres que não são de família pertencem à família Silva.

João da Silva — Nunca nenhum de nós esquecerá seu nome. Você não possuía sangue azul. O sangue que saía de sua boca era vermelho — vermelhinho da silva. Sangue de nossa família. Nossa família, João, vai mal em política. Sempre por baixo. Nossa família, entretanto, é que trabalha para os homens importantes. A família Crespi, a família Matarazzo, a família Guinle, a família Rocha Miranda, a família Pereira Carneiro, todas essas famílias assim são sustentadas pela nossa família. Nós auxiliamos várias famílias importantes na América do Norte, na Inglaterra, na França, no Japão. A gente de nossa família trabalha nas plantações de mate, nos pastos, nas fazendas, nas usinas, nas praias, nas fábricas, nas minas, nos balcões, no mato, nas cozinhas, em todo lugar onde se trabalha. Nossa família quebra pedra, faz telhas de barro, laça os bois, levanta os prédios, conduz os bondes, enrola o tapete do circo, enche os porões dos navios, conta o dinheiro dos bancos, faz os jornais, serve no Exército e na Marinha. Nossa família é feito Maria Polaca: faz tudo.

Apesar disso, João da Silva, nós temos de enterrar você é mesmo na vala comum. Na vala comum da miséria. Na vala comum da glória, João da Silva. Porque nossa família um dia há de subir na política...

Recife, junho, 1935.

Recife, Tome Cuidado

É tardinha e o bonde atravessa a Gameleira. Os mocambos estão afundados na lama. São casinhas de palha, de tábuas, de barro, de latas, e são tão sujas que parecem feitas de lixo. Estão cercadas de lama, plantadas na lama, e o chão das casinhas é lama. Quando chove — e chove dias e dias, noites e noites —, a chuva entra nos mocambos, o vento escangalha os mocambos, a água afoga os mocambos. Milhares de caboclos passam a vida naquela lama. Todos são doentes. As criancinhas barrigudas e amarelas choram sentadas na lama. Os porcos entram pelos mocambos. A miséria é absoluta. A porcaria é absoluta. Quando a maré enche, cada mocambo é uma ilhota de lama.

É tardinha, o trabalho acabou na cidade. Os filhos da lama voltam para a lama. A água barrenta do rio beija a lama, sobe na lama, se mistura na lama, vira lama. As criancinhas morrem, os homens estão doentes, as mulheres crescem sujas, amarelas. São operários e operárias, são retirantes que não encontraram trabalho e que apodrecem na lama.

O bonde vai correndo na tardinha fresca. O bonde atravessa a ponte. O bonde passa no meio de casas limpas, de madeiras leves. A terra tem algum húmus, os jardinzinhos de praia rebentam junto à rua.

O bonde está na Boa Viagem. O sol morreu atrás dos coqueiros. As silhuetas dos coqueiros, os recortes finos de milhares de coqueiros dançam no céu que vai ficando escuro. Casas ricas. As jangadas descansam na areia da praia. Velas retardatárias andam no horizonte. Vinde para terra, jangadas. Está na hora de dormir.

Uma linha escura do recife corre junto à praia. As ondas morrem na areia com espumas humildes. Sobre o mar se acende uma estrelinha velha, muito pequena, muito dourada e brilhante sobre o azul que escurece.

Saltamos. Um vento vem do mar; é o vento do mar que está morrendo; está na hora do vento do mar morrer. As luzes se acendem nos postes brancos, ao longo da praia. A Pernambuco Tramways Power Company Limited é credora do governo, e por isso fornece uma luz fraca, amarela. O bondinho vem. O farol do bonde é tão amarelo, quase avermelhado, parece um sol passeando pela praia e morrendo no ar azul.

Outra vez os mocambos. Agora estão escuros. Nem a luz fraca da Pernambuco Tramways. Os mocambos adormecem no escuro, na lama. Há fome, frio, lama, doença, miséria, dentro de cada mocambo. Recife, linda Recife, tome cuidado. 250 mil pessoas vivem morrendo em seus mocambos. O homem do mocambo não pode dormir porque a mulher está doente, o menino está com febre, a chuva está caindo dentro da lama do mocambo. Recife, linda Recife, da linda praia, das lindas fontes, dos coqueiros lindos, Recife, linda Recife, tome cuidado, que você se estrepa.

Recife, junho, 1935.

REFLEXÕES EM TORNO DE BIDU

Extraordinariamente feio, o Teatro Santa Isabel!

Alguns *smokings* aparecem entre as roupas comuns de casimira e de brim. Há senhoras de vestido de baile e senhoras de chapéu. Há senhoritas de boina. As senhoritas de boina se empoleiram pelas torrinhas. São leves, portáteis, lindas, como passarinhos. Uma loura com um chapéu verde, a morena com uma boina marrom sobre cabelos castanhos; e elas se dão adeusinhos de longe, vibrando os dedos finos no ar, como se tocassem piano no espaço.

Entra Bidu, Bidu! Vem com um vestido excelente no corpo excelente; flores de cores misturadas feito uma cortina. A cortina é colante no corpo de Bidu. Aplico a Bidu um adjetivo que aprendi na minha terra. Adjetivo que serve para mulheres que não são lindíssimas, mas que exprime uma simpatia poderosa da carne e da alma. Bidu é simplástica. Essa palavra singular foi um negro que me ensinou.

Ela canta. Não entendo nada de canto, e com certeza vou dizer bobagem. Mas o que me emociona demais nos cantos de Bidu é sua voz sempre humana. Mesmo quando é um agudo, quando o som se desumaniza para ser um som puro, Bidu não perde seu grande acento humano. É sempre uma voz de mulher, uma voz saída de uma garganta de carne. Tenho ouvido grandes cantoras que me desgostam. Parece que a voz delas em certo ponto perde a graça natural; a mulher desaparece, fica só a voz, sem sexo nem humanidade, como se houvesse no palco um instrumento magnífico.

Bidu é incondicionalmente mulher, sua voz é sempre a voz da fêmea.

Perdoe, Bidu. Podeis entender em sentido figurado, perdoai se isso não vos agrada; sois sempre mulher... mulata. Há uma ternura nas vozes das mulatas que não encontro nas outras. Essa ternura, essa voz de mestiçagem, esse gosto de voz de mulata eu sinto nos cantos de Bidu. Haveria outro meio de dizer isso. Diria que ela é intensamente brasileira. Um dengue poderoso, uma graça de terra que se ama porque se ama desde os primeiros amores. Aquele troço tristíssimo de Mozart que ela enxertou na primeira parte: havia ali uma tristeza de tal jeito que só acho comparação na tristeza da voz de lavadeira cantando na beira do rio, longe, de tarde, uma lavadeira bem pobre, desinfeliz.

Vinde e ouvi como Bidu faz feminino o tom marcial da *Marcha Turca*. É um milagre de feminilidade. Aqueles clarins que avançam e passam são clarins tocados em bocas rubras de mulheres moças.

A *Ária da Loucura* foi uma coisa enorme. Aconteceu que o flautista era um velhinho de óculos. O velhinho começou sem acertar com o piano, um pouco alto demais. O pianista Ernani Braga (que não é meu tio) olhou para ele. O velhinho apitou outra vez na flauta e encabulou irresistivelmente. A flauta fazia greve e tremia nas suas mãos. E quando ele queria soprar uma nota, a flauta soprava outra. O velhinho, soprando com medo de soprar, tremia demais; e então Bidu pôs olhos lindos ferozes nele. Pra quê! O velhinho olhou Bidu e não teve nem coragem de olhar o povo, quase que engolia a flauta, disse que estava mui-muito emocio... nado e não po-podia tocar não podia não podia. Na platéia houve murmúrios e emoções. Que pena sentimos do velhinho! Vai ver, pensei, que isso era o grande minuto da vida dele. Ele esperou cinqüenta anos para tocar flauta nos cantos de Bidu, era sua glória número um. E na hora da glória encabulou, num fracasso completo. Que pena! O velhinho se foi, martirizado. Depois soube que ele até que é um velhinho especial na flauta, se chama Billoro e veio do Rio de avião só para tocar naquele minutinho ali. Mas que desgraça! Todo mundo atrapalhado, uns sentindo raiva, outros com pena, outros quase chorando, outros querendo rebentar na gargalhada. Uma grande desgraça no gênero humano.

Ernani Braga ficou meio atrapalhado, teve de tocar flauta no piano.

Gounod abriu a terceira parte. Depois veio *l'Éclat de Rire*. Risadas matinalíssimas de uma frescura de delícia, teve de repetir. Ninguém mais cantará aquilo melhor que Bidu. Depois a graça de *El Piropo* e *Mi Niña*, esta quase melosa de tão doce.

A *Serenata* de Alberto Costa não me agrada. No fim a *Canção da Felicidade*, aquilo que já se sabe, a infalível tempestade de aplausos. Bidu fez gentileza extrema de cantar mais três vezes, acabou com a *Rosamonde* e saiu do palco com aquele seu jeito altamente gostoso e bonito de andar, de sorrir, de se curvar agradecendo, qualquer coisa de uma Araci Cortes, que fosse finíssima.

Foi uma noite de delícias fartíssimas. É horrivelmente vergonhoso pensar que dos 450 mil habitantes do Recife só um punhadinho possa gozar tanta riqueza de sentimento, tanta vibração de beleza. Àquela hora, meia-noite, a imensa população trabalhadora dormia extenuada para acordar hoje cedo e trabalhar faminta... Mesmo se não houvesse tantas misérias tão graves, tão angustiosas, tão básicas, bastaria esse fato por demais triste de nem todo mundo ter direito de ouvir uma artista como Bidu para justificar uma revolução. Que não será a arte quando ela não for mais um odioso privilégio de classe? Que riqueza musical espantosa não se estraga para sempre no seio da massa, e como é absolutamente necessário que todo mundo ouça artistas como Bidu! No Teatro Santa Isabel há uma placa de bronze com uma frase de Nabuco: "Aqui vencemos a Abolição." Mas não vi nenhum negro no recital. Os negros e os brancos pobres — o enorme povo — não entram ali. Para ele estão fechadas as portas de todos os altos bens da vida humana. Velho Nabuco, há muitas abolições a fazer ainda.

Recife, setembro, 1935.

MORRO DO ISOLAMENTO

NOTA

As cinco primeiras crônicas deste livro — Carnaval, Palmiskaski, Almoço Mineiro, Morro do Isolamento, O Homem do Quarto Andar *— foram publicadas nos Diários Associados em 1934 e 1935.*

Reportagens *saiu na* Folha do Povo, *do Recife, em 1935;* A Lira Contra o Muro *apareceu em 1937, na revista paulistana* Problemas, *sob outro título;* Em Memória do Bonde Tamandaré, *na* Revista Acadêmica, *do Rio, em 1937; e* Mar *no primeiro número da revista* Mar, *de Santos, em 1938.*

As cinco seguintes — A Senhora Virtuosa, O Número 12, Dia da Raça, Muito Calor *e* Cafezinho *— apareceram em 1938 e 1939 em* O Imparcial, *do Rio. Não tinham esses títulos. O autor fazia naquele jornal uma nota diária intitulada "Grifo 7", sob o pseudônimo de "Chico".*

Crime de Casar *e* A Casa do Alemão *saíram em 1939 na* Folha da Tarde, *de Porto Alegre, onde o autor assinava uma crônica diária.*

As quatro crônicas restantes — Coração de Mãe, Nazinha, Os Mortos de Manaus *e* Temporal de Tarde *— foram* *publicadas no Suplemento em Rotogravura de* O Estado de S. Paulo, *nos anos de 1939, 1940 e 1941. A primeira foi escrita originariamente para a* Revista do Clube de Regatas Flamengo, *do Rio; na Rotogravura apareceu um pouco alterada sob o título* Intermezzo.

Carnaval

Incipiente alegria na tarde carnavalesca. Os sambas passam nos automóveis abertos. Um vento beija a avenida larga, tremula nas serpentinas, rodopia nos confetes, caminha na voz das cantigas. As moças lindas, em fantasias de cores vivas e leves, vão com os cabelos alvoroçados pelo vento. Meu amigo comprou 200 gramas metálicas. Andou pelas ruas que se animavam. Encheu os bolsos de confetes. Foi andando...

E na boca da noite vieram cordões, ranchos, blocos, bandos. A multidão encheu as ruas que a noite engoliu. Mas as luzes rebentaram de todos os lados e a garganta da massa se abriu em delírio. Meu amigo foi andando. Apertou-se entre homens excitados e mulheres que cantavam e riam. Entrou na confusão das raças irmanadas pelo prazer comum da carne. Alguém lhe jogou confetes na boca, lança-perfume nos olhos. Uma serpentina bateu em seu nariz. Um reco-reco gritou em seu ouvido. Foi andando. Um automóvel do corso quase o esmagou. Um bloco o arrastou pelo meio da massa, com força inelutável de uma corrente marinha. Uma mulher qualquer cantou à toa, para ele, uma frase de samba. Jogou um pouco de confetes no cabelo da mulher. Jogou-lhe éter no corpo. Ela defendeu-se e riu. Depois desapareceu, arrastada. Meu amigo foi andando. Tinha um cravo na lapela, um cravo que tirara da mesa do restaurante. Uma moça pediu a flor. Ele a encharcou de éter e fez presente. Foi andando. Automaticamente cantou sambas e marchas. Teve mil pequenas aventuras inconseqüentes e rápidas. Um homem bêbado quis arrebatar o lança-perfume de sua mão. Foi andando. No meio de uma confusão, recebeu e distribuiu socos e empurrões sem saber de quem, para quem, por que, nem para quê.

Meu amigo entrou no baile. Agarrou-se ao ombro de uma mulher e foi no cordão, dançando, cantando, suando. Repetiu três vezes com o mesmo par a marchinha do momento. Apaixonou-se de repente por uma fantasia, por um corpo, por uma risada. Bebeu.

Meu amigo foi a outro baile.

De madrugada, meu amigo saiu pela rua vazia, sem programa. Passavam os foliões cansados, as mulheres mais belas pela fadiga e pelo suor. Um homem grisalho carregava pelo braço uma adolescente que se queixava de dor nos pés. Meu amigo arranjou uma mulher: a mulher que sempre aparece. A mulher que não vimos na rua nem no baile e que aparece na mesa do bar ou do restaurante, no último instante. Esguichou seu último lança-perfume nos braços e nos seios da mulher. Jogou os últimos confetes em seu cabelo. Ela repetiu um samba mil vezes repetido.

Foram. No caminho, meu amigo parou. No canto da calçada, um menino sujo e esfarrapado dormia. Dormia sobre um saco de estopa cheio de serpentinas que juntara para vender. Pararam. A mulher disse: coitadinho... Meu amigo olhou em silêncio o menino que dormia. Sentiu pena. Olhou a mulher. Balançou a bisnaga. Ainda havia um resto de éter. Jogou na perna da criança, que acordou assustada. A mulher disse: você é ruim! coitadinho... A criança ficou olhando estremunhada, resmungou um xingamento e tornou a dormir. Meu amigo jogou a bisnaga no asfalto. Sentia-se bêbado. Apertou a mulher contra seu corpo e mandou parar um automóvel que passava. No apartamento, antes de deitar-se, olhou-se no espelho do guarda-roupa. Fantasiado. Exausto. Beijou a mulher na boca como se beija uma noiva. E pensou desanimado: eu sou um folião. Evoé!

São Paulo, fevereiro, 1934.

Palmiskaski

Tarde de domingo em São Paulo é tão longa, tão larga e tão cacete como em qualquer lugar. Fica um pouco de gente banzando pelas ruas, e o resto banzando dentro de casa. Uns vão à matinê de cinema, outros ao futebol. Um guarda-civil não pode fazer, estando de serviço, nem uma coisa nem outra.

Assim, domingo à tarde, em uma rua de São Paulo, havia um guarda-civil que não tinha nada que fazer. Os automóveis passavam honestamente, sem atropelar ninguém. Nenhuma briguinha. Nada. Que vida mais triste de guarda-civil! Ficar no meio da rua, à toa quando não acontece nada, numa tarde de domingo.

Finalmente aconteceu alguma coisa, uma coisa sem importância. Aconteceu um mendigo.

O guarda-civil pensou:

— Lá está um homem doente pedindo esmola. É um sujeito magro vestido de molambos. Vou prender aquele sujeito.

Prendeu. Um guarda-civil, quando não tem nada o que fazer, prende um mendigo. Afinal de contas, é preciso prender alguém. A função de um guarda-civil é prender. Se ele é um funcionário honesto, não deve passar o dia todo sem prender ninguém. Os escoteiros devem praticar todo dia pelo menos uma boa ação. Os guardas-civis devem prender todo dia pelo menos um sujeito.

Prendeu. O mendigo não protestou. Foi andando para a polícia, todo recurvo, muito recurvo, coitado.

A polícia é uma gente horrível, quer saber de tudo. Quis saber o nome do pobre-diabo.

— Miguel Palmiskaski.

— Por que é que você tira esmola, seu vagabundo?

— Tenho fome...

A polícia quis saber onde é que o mendigo morava, sua idade e nome de seus pais, estado civil, etc., etc. Miguel Palmiskaski foi respondendo na calma.

A polícia não teve pena daquele pobre-diabo tão curvado, tão amarelo, tão sujo.

— Revistem esse homem.

Revistaram Miguel Palmiskaski. Oitocentos e trinta e quatro mil e quatrocentos réis, sendo uma pequena parte em notinhas de cinco mil-réis, e quase tudo em pratas e níqueis. As moedas pesavam oito quilos e duzentos gramas e estavam escondidas no paletó. Miguel Palmiskaski andava tão curvado mendigando por causa do peso daquela dinheirama.

Na casa dele não se achou níquel. Ele carregava tudo

nos bolsos. Há vários anos Miguel Palmiskaski vivia assim, sem poder tirar o paletó, recurvo e fatigado, prisioneiro de suas moedas.

A polícia recolheu o dinheiro à tesouraria do Gabinete de Investigações. Miguel Palmiskaski ficou leve, leve. Emagreceu oito quilos e duzentos gramas. A polícia calcula que se ele tomar um banho e tirar o pó da roupa emagrecerá mais uns dois quilos.

Miguel Palmiskaski vai ser processado. Quando sair da cadeia, sem o dinheiro que juntou em longos anos de triste e penoso trabalho, Miguel Palmiskaski se verá forçado a estender a mão à caridade pública.

São Paulo, abril, 1934.

Almoço Mineiro

Éramos dezesseis, incluindo quatro automóveis, uma charrete, três diplomatas, dois jornalistas, um capitão-tenente da Marinha, um tenente-coronel da Força Pública, um empresário do cassino, um prefeito, uma senhora loura e três morenas, dois oficiais de gabinete, uma criança de colo e outra de fita cor-de-rosa que se fazia acompanhar de uma boneca.

Falamos de vários assuntos inconfessáveis. Depois de alguns minutos de debates ficou assentado que Poços de Caldas é uma linda cidade. Também se deliberou, depois de ouvidos vários oradores, que estava um dia muito bonito. A palestra foi decaindo, então, para assuntos muito escabrosos: discutiu-se até política. Depois que uma senhora paulista e outra carioca trocaram idéias a respeito do separatismo, um cavalheiro ergueu um brinde ao Brasil.

Logo se levantaram outros, que, infelizmente, não nos foi possível anotar, em vista de estarmos situados na extremidade da mesa. Pelo entusiasmo reinante supomos que foram brindados o soldado desconhecido, as tardes de outono, as flores dos vergéis, os proletários armênios e as pessoas presentes. O certo é que um preto fazia funcionar a sua harmônica, ou talvez a sua concertina, com bastante sentimento. Seu Nhonhô cantou ao violão com a pureza e a operosidade inerentes a um velho funcionário municipal.

Mas nós todos sentíamos, no fundo do coração, que nada tinha importância, nem a Força Pública, nem o violão de seu Nhonhô, nem mesmo as águas sulfurosas. Acima de tudo pairava o divino lombo de porco com tutu de feijão. O lombo era macio e tão suave que todos imaginamos que o seu primitivo dono devia ser um porco extremamente gentil, expoente da mais fina flor da espiritualidade suína. O tutu era um tutu honesto, forte, poderoso, saudável.

É inútil dizer qualquer coisa a respeito dos torresmos. Eram torresmos trigueiros como a doce amada de Salomão, alguns louros, outros mulatos. Uns estavam molinhos, quase simples gordura. Outros eram duros e enroscados, com dois ou três fios.

Havia arroz sem colorau, couve e pão. Sobre a toalha havia também copos cheios de vinho ou de água mineral, sorrisos, manchas de sol e a frescura do vento que sussurrava nas árvores. E no fim de tudo houve fotografias. É possível que nesse intervalo tenhamos esquecido uma encantadora lingüiça de porco e talvez um pouco de farofa. Que importa? O lombo era o essencial, e a sua essência era sublime. Por fora era escuro, com tons de ouro. A faca penetrava nele tão docemente como a alma de uma virgem pura entra no céu. A polpa se abria, levemente enfibrada, muito branquinha, desse branco leitoso e doce que têm certas nuvens às quatro e meia da tarde, na primavera. O gosto era de um salgado distante e de uma ternura quase musical. Era um gosto indefinível e puríssimo, como se o lombo fosse lombinho da orelha de um anjo ouro. Os torresmos davam uma nota marítima, salgados e excitantes da saliva. O tutu tinha o sabor que deve ter, para uma criança que fosse *gourmet* de todas as terras, a terra virgem recolhida muito longe do solo, sob um prado cheio de flores, terra com um perfume vegetal diluído mas uniforme. E do prato inteiro, onde havia um ameno jogo de cores cuja nota mais viva era o verde molhado da couve — do prato inteiro, que fumegava suavemente, subia para a nossa alma um encanto abençoado de coisas simples e boas.

Era o encanto de Minas.

São Paulo, 1934.

Morro do Isolamento

O profeta mora em uma gruta do Morro do Isolamento. Os homens bebem cachaça, vinho nacional e cerveja. Compram remédios e querosene. Os homens bebem porque precisam ficar tontos. Todos, às vezes, precisam ficar bêbados, e por isso bebem. Quando as mulheres dos homens ficam desesperadas elas despejam querosene na roupa e se matam com fogo. O profeta sabe de tudo. Ele sabe que muitas famílias usam pratos no almoço e no jantar. Os pratos não são eternos. Cedo ou tarde eles se quebram. Às vezes são partidos quando a mulher está nervosa com o homem. Às vezes a culpa é de uma criança. Às vezes é de uma empregada. De qualquer modo eles se quebram; e às vezes toda a família se quebra em redor dos pratos quebrados. O profeta sabe. Ele passa a mão suja pela barba suja. Sai da gruta. Vai andando devagar.

Desce o Morro do Isolamento e passeia pelos quintais miseráveis dos subúrbios de Niterói. Não, o profeta não vai roubar galinhas. Ele recolhe frascos vazios, pratos quebrados. Leva para a sua gruta os cacos, as garrafas sujas e vazias. Espalha tudo pelo chão e medita. Já possui, entre outras coisas, uma corrente de chuveiro. Achou-a no lixo. O profeta não tem chuveiro, e não pensa nunca em tomar banho. Mas achou aquela corrente e medita. O profeta às vezes sente fome. Possui uma pequena criação: uma cobra pequena e sem veneno, e um tatu enfermo. Os três vivem em boa paz na gruta do Morro do Isolamento, entre cacos de vidro, pratos quebrados, a corrente de chuveiro e meditações.

Às vezes as crianças muito pobres, os homens doentes e as mulheres feias vão ouvir o profeta. Muitos acreditam nele. Muitos não acreditam. Ele acredita. O Morro do Isolamento se povoa de crentes e descrentes. À noite, uns e outros descem o morro. O profeta faz uma festinha para o tatu. O tatu, muito enfermo, suspira tristemente. A cobra, a humilde cobra sem veneno, dá um bocejo e vai dormir. A gruta está escura. A noite lá fora está escura. Apenas existe uma luzinha tremelicando. É no cérebro do profeta. Ele passa a mão pela cara suja, pela barba suja. Na escuridão do Morro do Isolamento o profeta está se rindo devagarinho. Ele sabe de tudo. Lá na cidade, onde há luz elétrica, homens e mulheres, as garrafas se esvaziam e os pratos se quebram. A vida se quebra e se esvazia. E tudo fica sujo como a barba do profeta. Na gruta escura do Morro do Isolamento, o profeta está chorando devagarinho. Se a cobra fosse grande e feroz, e tivesse veneno mortal, ele diria:

— Vai, cobra, e morde e mata os homens ruins, só respeitando as crianças e os pobres.

Se o tatu não fosse doente e fosse enorme e terrível, ele diria:

— Vai, tatu, e cavouca a terra vil, e derruba as casas e só respeita as miúdas e miseráveis.

Mas na gruta escura do Morro do Isolamento a cobrinha sem veneno está dormindo, e o tatu está enfermo. O profeta passa a mão pela barba suja, deita na terra e começa a roncar. O ronco do profeta estremece o Morro do Isolamento, abala Niterói e o mundo.

Rio, dezembro, 1934.

O Homem do Quarto Andar

Chegava sempre em casa às duas e meia da manhã. Era uma casa de apartamento, já muito velha. Aquela rua quase no centro tinha o ar triste das ruas estreitas do centro com aquele grande armazém de anúncios mal desenhados, os bondes que demoram, gente medíocre passando. O asfalto sujo, as calçadas estreitas, sujas: o comércio, os caminhões, tudo vivendo numa pequena febre crônica de trabalho mesquinho e inútil.

Toda cidade tem suas ruas onde a vida nunca se eleva da besteira trivial, onde parece que faz sempre mormaço e os homens sempre fizeram a barba ontem; as mulheres são banais, os automóveis sempre são do modelo do ano atrasado. Era uma rua quase no centro e nunca passava por ali ou saíra dali nada emocionante, nunca houve uma vibração, uma festa enorme como o carnaval que enchesse a rua, fizesse barulho, e obrigasse a temer qualquer coisa, rebentasse uma vidraça; não era caminho de enterro, de casamento, por ali nunca rolou uma onda de ódio ou de volúpia e ela tinha sempre a mesma cara mesquinha. Não era sossegada; tinha seus pobres ruídos mecânicos e humanos, vivia com seus horários estritos. Nem mesmo um grande crime, um crime de manchete, ali aconteceu. Um ano e meio atrás suicidara-se um sujeito. Mas era um sujeito bastante velho, com tuberculose pulmonar e vida encalacrada, que ninguém conhecia direito, que não tinha família nem nenhuma outra circunstância que pudesse comover alguém.

Era uma rua sem interesse, em cujas sarjetas às vezes se formavam pequenas poças de água preta, onde os mosquitos não se animavam a nascer.

Ele chegava pela madrugada, dormia, saía às onze horas do quarto que havia alugado, não conhecia ninguém.

Tinha trinta e cinco anos e vivia remediadamente.

Morava no quarto andar e descia no elevador sempre às onze ou onze e cinco, como se o elevador fosse bonde. Na verdade era um bonde, inexpressivo como um bonde, um suplemento interno de seu bonde. Era um bonde o elevador, e seu escritório também era como um bonde e a vida era um bonde, tudo para ele, velho passageiro de bonde, eterno passageiro de bonde, era um bonde. O bonde, o hábito diário, a obrigação que o esperava, o uso constante de bonde, tudo isso deprava um indivíduo, como qualquer outro veículo, o veículo regula a marcha de sua vida, ronca dentro dele, carrega-o sem remédio até a morte. Se no Rio de Janeiro um trem de subúrbio carregado de operários magros, sujos, quebrasse um automóvel de alto luxo, os operários ficariam alegres mesmo se no automóvel não morresse ninguém; porque a luta dos homens é absorvida pela luta dos veículos. Todo trem de subúrbio, arrebentado, imundo, lerdo, espremido, sonha em levar um dia seu povo até a Avenida Rio Branco, fazer penetrar sua fumaça ignóbil pelas janelas das residências de luxo de Copacabana, correr triunfalmente, superlotado, imenso, terrível, pela cidade rica, pela cidade proibida.

O elevador era um bonde no sentido vertical e ele era eternamente um passageiro de bonde. Não conhecia ninguém naquela rua. Estava ali apenas há dois meses. Agora ia mudar para um bairro afastado. Descia no elevador com a mala. Lembrou-se de que não levava daquela rua nenhuma lembrança particular. Há ruas que entram pela vida dos homens e mulheres que residem no segundo quarteirão da transversal. Parece então que, sob a camada do asfalto, há uma grande placa de ímã. Haverá ruas calçadas de ímã? Há, pelo menos, ruas onde acontecem muitas coisas, onde as coisas acontecem muito. Essas se deslocam juntamente com o indivíduo, dentro dele. Vede a Rua Correia Dutra, no Catete. É raro encontrar no país alguém que nunca morou na Rua Correia Dutra e que não carregue dentro de si fragmentos da Rua Correia Dutra. Ela, todavia, nada tem de especial, e hoje mesmo qualquer pessoa pode ir morar na Rua Correia Dutra. Esse alguém não sentirá logo que está residindo em um estranho país. Durante dois anos pode não se aperceber disso, pois não lhe acontece nada de extraordinário. Só mais tarde meditará que lhe aconteceram excessivas coisas do gênero ordinário, que ele foi membro da família da

Rua Correia Dutra, família flutuante, instável, reduzida no espaço e imensa no tempo.

Naquela rua, entretanto, que ele deixava, não acontecera nada. Nem mesmo o elevador encrencara nunca, nem ninguém lhe propusera um negócio suspeito, nem uma só mulher viera ou fora, nem um só cão latira a noite inteira. O táxi estava esperando. Ele pagara pontualmente o quarto, o táxi viera, a rua estava ali na sua cara e na rua não acontecera nada, nem naquele momento acontecia nada. Jogou a mala dentro do carro. Nem mesmo teria de avisar aos amigos sua mudança, pois nenhum amigo o procurara ali, e para todos o seu endereço era o do escritório. Ali mesmo não se despedira de ninguém, ninguém tomara conhecimento efetivo e afetivo de sua vida.

Deu ao chofer o endereço novo.

Não esquecera nada no quarto. O táxi começou a rodar Ele olhava sem atenção para a direita, onde havia uma padaria e confeitaria. Viu um homem na porta, uma pobre mulher que passava, outro homem que fumava um cigarro esperando o bonde. O táxi chegou à esquina, virou à esquerda, e foi-se.

Rio, abril, 1935.

Reportagens

O repórter de um vespertino carioca visitou uma casa em que viu muitos homens e mulheres cantando, um homem de roupa esquisita bebendo e rezando. O pessoal falava, às vezes, uma língua estranha, e fazia gestos especiais.

O repórter tirou uma fotografia e voltou para a redação com uma reportagem atrapalhada, falando de macumba, pai-de-santo, Exu, gongá, Ogum e outros nomes que servem para cor local.

A reportagem acabava com a seguinte pergunta: "Que dirá a isso o senhor Chefe de Polícia?"

Não tenho nenhum comentário a fazer a respeito. Quero apenas resumir aqui uma outra reportagem que fiz há tempos, por acaso, quando estava no Rio. Eu ia pela rua, certa pessoa me interessou e eu a segui. Ela entrou em uma casa grande. Como não tinha jeito de casa de família, também entrei. Dentro dessa casa vi tantas coisas extraordinárias que acabei esquecendo a tal pessoa.

Havia, no fundo de uma ampla sala, armações de madeira, coloridas e iluminadas por pequenas lâmpadas elétricas e por algumas velas. Pelas paredes, em buracos apropriados, haviam sido espalhadas estatuetas malfeitas. Um homem com uma espécie de camisola preta e com um pano bordado de ouro nas costas dizia palavras estranhas, em uma língua incompreensível. A um gesto seu, mulheres e homens se ajoelharam murmurando coisas imperceptíveis. Depois apareceu um menino com uma camisola vermelha trazendo uma caçamba de onde saía fumaça cheirosa. Uma campainha fininha começou a tocar. Todo mundo ajoelhado abaixava a cabeça e batia no peito. O homem de camisolão preto bebeu um pouco de vinho e começou a meter na boca de cada velha que se ajoelhava em sua frente uma rodela branca. Em certo momento o menino de camisola saiu com uma bandeja. Pensei que ele fosse distribuir vinho, mas em vez disso recolhia níqueis e pratinhas. Depois umas senhoritas que estavam em uma espécie de camarote começaram a cantar. Vi mulheres com véus na cabeça e fitinhas azuis no pescoço fazendo sinais estranhos, e vi ainda muitas outras coisas mais.

Que dirá a isso o senhor Chefe de Polícia?

Recife, 1935.

A Lira Contra o Muro

Meu poeta, pois então vamos falar sobre mulheres. Garanto que é um belo assunto. De um certo modo reconheço que isso é um pouco humilhante, quando se é moço. Basta pensar isto: enquanto estou escrevendo, lá fora, na rua, passam mulheres. Minha obrigação era descer a escada e ir vê-las. É um verdadeiro crime um homem ficar dentro de uma sala escrevendo, sob a luz artificial, quando lá fora a tarde ainda está clara e há mulheres andando. É aflitivo pensar que a vida está correndo e que nós estamos aqui conversando. Confesso que às vezes acho qualquer coisa de humilhante na literatura... Mas o certo é que vivemos em um mundo assim. É espantoso como este mundo em que vivemos não presta. Dizem que não adianta bater com a cabeça contra o muro. Bato freqüentemente. É possível que qualquer dia a minha cabeça arrebente. Mas lá fora, do outro lado, deve chegar um som qualquer de minha cabeça.

Lá fora... Certamente nem eu nem você saberíamos viver lá fora. Seria como se nos tirassem da cabeça o peso da atmosfera ou como se, de repente, acabasse a força da gravidade. Morreríamos afogados no ar. Conheci, há pouco tempo, um homem que passou vinte e cinco anos na cadeia. Mas não quero falar daquele homem. Sinto que, se o muro caísse, eu seria como aquele homem. Cuspiria no chão a horas certas, para ter a gloriosa certeza de que não é proibido cuspir no chão. Bem, mas é preciso não esquecer de que lá fora não existe. Isso é um segredo tão terrível que você pode contar a todo mundo. Ninguém acreditará. Todos os homens farão um sinal com a cabeça: "Sim, já sabíamos há muito tempo." Mas no fundo do coração ninguém acreditará.

Na verdade, estamos todos presos, e precisamos ter uma aguda consciência disso. Você, poeta, não tem consciência de classe. Tem coragem de dizer que ama tudo o que é lindo e humano, a beleza em geral, as mulheres, os sentimentos delicados, a poesia, essas coisas — e detesta a política. Você sabe, poeta, que há mulheres que são como flores empoeiradas? Se você encontrasse uma pequena flor coberta de poeira, jogaria gotas de água sobre aquela flor. As pétalas poderiam, então, sentir a carícia fresca do vento — suponhamos —, da brisa terral. Seriam assim umas onze horas da noite. A brisa terral vindo lá de dentro, do meio do grande país, indo para o mar lá longe, o mar aberto, o grande mar. E a brisa terral beijaria aquela flor, e aquela flor seria mais linda. Você ficaria comovido e se sentiria bom. Pois, meu poeta, ali estão as mulheres empoeiradas. Há mãos de lírios limpando panelas engorduradas. Mãos que poderiam ser de lírios e estão grossas e vermelhas. Há moças em massa, há moças em massa ficando feias, metodicamente feias, ficando feias. Há mulheres em massa, belas mulheres murchando, murchando, murchando depressa. Há mocinhas, surpreendentes mocinhas que ficarão doentes antes de florescer. Há crianças que jamais serão mocinhas. Morrem muitas crianças, e na maioria não morrem de propósito para virar anjinho; morrem devido a moléstias intestinais.

Mas estamos falando de mulheres. É extraordinário notar que elas não são simplesmente mulheres, e não existem apenas quando passam por nós ou são beijadas, ou suspiram. É extraordinário saber que elas vivem. Em grande número são subalimentadas, e precisam de educação e higiene, duas coisas caríssimas. Naquela noite aquela pequena não foi se encontrar com você porque a meia esquerda desfiou e o outro par estava molhado. Aquela outra não sorriu para você porque só pode pagar a um péssimo dentista. Aquela outra está com a pele ruim porque alguma coisa dentro dela não está funcionando direito, e ela não pôde procurar um especialista. Não pense que a filha daquele funcionário dos Correios ficou tuberculosa para imitar a Greta Garbo da *Dama das Camélias.* Acontece que um litro de leite custa mil e duzentos. Não sei de quem é a culpa, mas seguramente não é das vacas, nem de Margueritte Gauthier. Muitas mulheres amariam os seus versos se elas soubessem ler, ou se não soubessem apenas ler.

Não, poeta, eu não levarei o meu mau gosto a ponto de falar das operárias — dessas estranhas mulheres que não têm o direito de ser bonitas nem saudáveis — ou das mulheres da roça, que vivem para trabalhar e parir. Não quero magoar você, poeta. Apenas quero que você pense nesse formidável capital de beleza e, portanto, de lirismo, que este mundo que aí está massacra sistematicamente.

As flores empoeiradas... Há flores cobertas de poeira, flores que murcham sufocadas pela poeira. Que as mulheres trabalhem. Mas que elas vivam, possam respirar bem, florescer em beleza, crescer debaixo do sol, amar sem doenças e dar à luz filhos fortes e livres. Que a vida, poeta, a grande vida cheia de sentimento e de mistério dos humanos, possa ser vivida um pouco por todos. Você vai me chamar de materialista e reclamar o "primado do espiritual": mas eu quero que nos lugares onde faz frio haja um chuveiro quente em cada casa para que as mulheres que não podem tomar banho frio possam tomar banho todo dia, com facilidade. Elas não perderão a poesia: perderão apenas a poeira. Perante este povo imenso de tantas mulheres sujas eu pergunto: por que não há mais chuveiros quentes? Ou simplesmente: chuveiros? Temos enormes quedas-d'água para despejar eletricidade sobre o país; eletricidade e água, água, muita água... Mas, poeta, não quero convidar você a lutar contra o imperialismo e contra toda a exploração. No fundo este nosso povo pobre é tão espiritual. Sofrer é belo, enobrece as almas. Mas as flores estão cobertas de poeira. Elas estão murchando. Já nascem murchas. Você acha que uma vida mais limpa e mais livre poderia matar a poesia? Não, poeta, você sabe que o lirismo não é o lixo da vida, e que a poesia não morre, que a poesia é eterna e infinita no peito humano. Meu poeta, você está convidado a bater com a cabeça no muro. Pode bater com a lira também. Se ela quebrar, não faz mal. Soltará um belo som, e esse som será uma profunda poesia.

São Paulo, 1937.

Em Memória do Bonde Tamandaré

Foi na madrugada de uma segunda-feira — 6 de dezembro de 1937 — que a cidade de São Paulo surgiu arrebentada e descomposta. A Avenida São João apresentava um sistema de fossas, montanhas, barricadas e trincheiras. A Praça Ramos de Azevedo teve rasgado o seu ventre betuminoso, e houve trilhos arrancados. Aconteceram muitas coisas estranhas. Nos bairros, famílias acostumadas a dormir no meio do maior silêncio se ergueram aflitas, altas horas, com a rua invadida pelo estrondo de um bonde. Com outras famílias aconteceu pior. Habituadas, através de intermináveis anos, a só dormir depois de passar o último bonde, não puderam dormir, porque o último bonde não passou. Nem o último, nem o primeiro, nem mais nenhum, jamais.

A *urbs* escalavrada acordou. O homem que esperava seu "camarão" foi informado de que seu "camarão" não existia mais. De acordo com a Prefeitura, a Light havia cortado várias linhas de bondes. Os subúrbios distantes ficaram mais distantes, e a gente pobre daqueles subúrbios ficou mais pobre. Houve protestos, e houve, sobretudo, confusão. Ninguém sabia onde tomar o bonde, nem se havia o bonde, nem o nome do bonde, nem o caminho do bonde. Os guardas-civis (seja dita a verdade) informavam com a maior gentileza. Informavam e depois tomavam bondes errados, porque eles também não sabiam. E alguém murmurava: mas onde estás, onde estás, bonde Brigadeiro Galvão? E o eco respondia: não sei não. E tu, ó tu, Vila Clementino, em cujo terceiro banco, em um dia chuvoso de 1933, certa mulher ruiva me sorriu? E tu, Santa Cecília, e tu, Vila Maria, e tu, Jardim da Aclimação dos meus domingos de sol? E o infinito bonde Jabaquara? E o gentil Campos Elísios? Higienópolis também morreu...

...Mas quem morreu, quem morreu, e isso me custa dizer, foi o grande bonde Tamandaré. Morreu o grande bonde Tamandaré, pai e mãe de todos os bondes. De acordo com a tabela da Light e as indicações dos guias da cidade, esse bonde tinha um itinerário e um horário. Mas ele nunca soube disso, mesmo porque — a verdade seja sempre dita — o grande bonde Tamandaré era analfabeto. Era analfabeto e não funcionava bem da cabeça. Suspeito que ele se entregava a libações alcoólicas na Aclimação e tinha uma paixão encravada no Ipiranga. Um dia eu o encontrei ao meio-dia, sob um sol de rachar, em estado lamentável, na Praça do Patriarca, e não pude deixar de sorrir. Ele certamente percebeu, porque, no mesmo dia, às duas horas da tarde, quis me matar no Largo da Sé. Uma vez, na Praça do Correio, exatamente na Praça do Correio, numa noite de grande tempestade, ao passar junto ao monumento de Verdi, esse bonde parou, protestou, armou um escarcéu e fez um comício monstro, berrando por todos os balaústres, dizendo que aquela estátua era um absurdo.

Ele entrava a qualquer hora em qualquer rua, desde que houvesse trilhos. É necessário notar que só respeitava essa condição da existência de trilhos quando não estava enfurecido; e freqüentemente estava. Mas tinha um grande coração. Só matava mulheres muito feias e homens muito chatos, e em toda a sua vida esmagou apenas nove crianças, sendo três pretinhos (dos quais dois no Piques), uma meninazinha loura, um italianinho jornaleiro, dois filhos gêmeos de uma lavadeira e dois não especificados.

Eram todos, unanimemente, crianças pobres demais. As mães (quando havia mães) gritavam com desespero e lançavam agudas maldições entre soluços, contra o bonde Tamandaré. Ele disparava para não ouvir aqueles gritos. Levava as rodas sujas de sangue, mas sentia o coração limpo, e murmurava para si mesmo que tinha razão: "Eram pobres demais!" A morte daqueles dois filhos gêmeos da lavadeira foi a sua mais bela proeza. Um deles atravessava a rua correndo, e o outro corria atrás para pegá-lo. Quando um pegou o outro, o grande bonde Tamandaré pegou os dois, e os massacrou a ambos, em lindo estilo. "Eram pobres demais."

Um velho empregado do barracão da Light, que tem

uma perna só, me jurou por essa perna que jamais viu o bonde Tamandaré se recolher ao barracão na hora em que todos os bondes honestos habitualmente se recolhem. Esse perneta não quis confirmar (nem tampouco desmentir) aquela história sobre a mulata do Piques. Todas as tardes, pelas 6 horas, o bonde Tamandaré se encontrava com essa mulata no Piques. E quando ela subia para um banco, a caminho de sua casa, o grande bonde corria mais, sem entretanto fazer muito barulho. Corria ladeira acima, balançando suavemente no colo a sua mulata — e quem ouvisse bem o ronco de seu motor notaria obscuras palavras de amor.

Uma tarde a mulata não estava junto ao poste de toda tarde. O bonde subiu a ladeira rangendo, desconsolado e inquieto. Esperou o dia seguinte. Nada de mulata. Indagou, indagou, a todos os passageiros, a todos os postes, e fios, e trilhos, e calçadas e asfaltos. Quando soube, por um Ford de praça, que ela partira para o Rio de Janeiro, foi à Praça Ramos de Azevedo e exigiu do administrador da Light a sua transferência para a capital do país. O administrador secamente respondeu que não. Tamandaré saiu alucinado e subiu pela Rua da Consolação com tanto barulho que acordou todos os defuntos de dois cemitérios. Pela meia-noite dezenas de fiscais, motorneiros, condutores e guarda-chaves deram o alarma: sumira o bonde Tamandaré!

Um ex-empregado que se esforçava para ser readmitido comunicou que o havia visto pelas onze e meia, em atitude suspeita, junto à porteira do Brás. Foi a pista. No dia seguinte, ainda ao amanhecer, Tamandaré foi preso em Barra do Piraí, recambiado para São Paulo. Estava completamente bêbado e havia invadido os trilhos da Central do Brasil. Voava em direção ao Rio.

O perneta do barracão não quis confirmar essa história. Quando perguntei se podia desmenti-la, ele fez um gesto indefinível com a cabeça e tirou fumaça de seu pobre cachimbo. Depois olhou para um lado e outro. Tive a impressão de que ia me confirmar tudo, em segredo. Mas cuspiu uma saliva suja e disse apenas:

— Tamandaré... Um belo bonde! Muito bom mesmo... Muito bom...

Talvez estivesse com medo, mas eu não sei dizer se era medo ou uma verdadeira amizade.

São Paulo, dezembro, 1937.

Mar

A primeira vez que vi o mar eu não estava sozinho. Estava no meio de um bando enorme de meninos. Nós tínhamos viajado para ver o mar. No meio de nós havia apenas um menino que já o tinha visto. Ele nos contava que havia três espécies de mar: o mar mesmo, a maré, que é menor que o mar, e a marola, que é menor que a maré. Logo a gente fazia idéia de um lago enorme e duas lagoas. Mas o menino explicava que não. O mar entrava pela maré e a maré entrava pela marola. A marola vinha e voltava. A maré enchia e vazava. O mar às vezes tinha espuma e às vezes não tinha. Isso perturbava ainda mais a imagem. Três lagoas mexendo, esvaziando e enchendo, com uns rios no meio, às vezes uma porção de espumas, tudo isso muito salgado, azul, com ventos.

Fomos ver o mar. Era de manhã, fazia sol. De repente

houve um grito: o mar! Era qualquer coisa de largo, de inesperado. Estava bem verde perto da terra, e mais longe estava azul. Nós todos gritamos, numa gritaria infernal, e saímos correndo para o lado do mar. As ondas batiam nas pedras e jogavam espuma que brilhava ao sol. Ondas grandes, cheias, que explodiam com barulho. Ficamos ali parados, com a respiração apressada, vendo o mar...

Depois o mar entrou na minha infância e tomou conta de uma adolescência toda, com seu cheiro bom, os seus ventos, suas chuvas, seus peixes, seu barulho, sua grande e espantosa beleza. Um menino de calças curtas, pernas queimadas pelo sol, cabelos cheios de sal chapéu de palha. Um menino que pescava e que passava horas e horas dentro da canoa, longe da terra, atrás de uma bobagem qualquer — como aquela caravela de franjas azuis que boiava e afundava e que. afinal, queimou a sua mão... Um rapaz de quatorze ou quinze anos que nas noites de lua cheia, quando a maré baixa e descobre tudo e a praia é imensa, ia na praia sentar numa canoa, entrar numa roda, amar perdidamente, eternamente, alguém que passava pelo areal branco e dava boa-noite... Que andava longas horas pela praia infinita para catar conchas e búzios crespos e conversava com os pescadores que consertavam as redes. Um menino que levava na canoa um pedaço de pão e um livro, e voltava sem estudar nada, com vontade de dizer uma porção de coisas que não sabia dizer — que ainda não sabe dizer.

Mar maior que a terra, mar do primeiro amor, mar dos pobres pescadores maratimbas, mar das cantigas do catambá, mar das festas, mar terrível daquela morte que nos assustou, mar das tempestades de repente, mar do alto e mar da praia, mar de pedra e mar do mangue... A primeira vez que saí sozinho numa canoa parecia ter montado num cavalo bravo e bom, senti força e perigo, senti orgulho de embicar numa onda um segundo antes da arrebentação. A primeira vez que estive quase morrendo afogado, quando a água batia na minha cara e a corrente do "arrieiro" me puxava para fora, não gritei nem fiz gestos de socorro; lutei sozinho, cresci dentro de mim mesmo. Mar suave e oleoso, lambendo o batelão. Mar dos peixes estranhos, mar virando a canoa, mar das pescarias noturnas de camarão para isca. Mar diário e enorme, ocupando toda a vida, uma vida de bamboleio de canoa, de paciência, de força, de sacrifício sem finalidade, de perigo sem sentido, de lirismo, de energia; grande e perigoso mar fabricando um homem...

Este homem esqueceu, grande mar, muita coisa que aprendeu contigo. Este homem tem andado por aí, ora aflito, ora chateado, dispersivo, fraco, sem paciência, mais corajoso que audacioso, incapaz de ficar parado e incapaz de fazer qualquer coisa, gastando-se como se gasta um cigarro. Este homem esqueceu muita coisa mas há muita coisa que ele aprendeu contigo e que não esqueceu, que ficou, obscura e forte, dentro dele, no seu peito. Mar, este homem pode ser um mau filho, mas ele é teu filho, é um dos teus, e ainda pode comparecer diante de ti gritando, sem glória, mas sem remorso, como naquela manhã em que ficamos parados, respirando depressa, perante as grandes ondas que arrebentavam — um punhado de meninos vendo pela primeira vez o mar...

Santos, julho, 1938.

A Senhora Virtuosa

Uma pobre mulher, em Campo Belo, deu à luz três filhos gêmeos. A notícia diz que o prefeito mandou internar a parturiente na maternidade, e que várias senhoras da sociedade local resolveram amparar a família. São, naturalmente, senhoras distintas e virtuosas, senhoras cristãs, movidas pelos melhores sentimentos. Mas, francamente, é preciso parar com essa história de gêmeos.

Diariamente, neste país, numerosas mães pobres dão à luz. Em geral nasce apenas um menino — e diante desse fato banal ninguém se comove. Ninguém passa telegrama, não aparece nenhuma comissão de senhoras caridosas — não se fala no assunto. Maria, a lavadeira, deu à luz. Nasceu um menino doente e magro, porque Maria não pôde ter conforto durante os últimos meses. O menino precisa de uma porção de coisas. Maria precisa de repouso, de remédio, de dinheiro. Se alguma senhora virtuosa toma conhecimento desse fato, diz:

— Coitada!

E mais não diz. Maria Lavadeira não interessa à senhora virtuosa. Maria Lavadeira é uma mulher vulgar, uma mulher que deu à luz. O que interessa à senhora virtuosa é a mulher que procura bater recordes, a mulher sensacional que oferece ao mundo uma ninhada de meninos. O filhote de Maria pode morrer — e morre com uma terrível freqüência — dentro de alguns dias, de algumas semanas, de alguns meses. Que é que a senhora virtuosa tem com isso? Se insistirem em dizer alguma coisa depois que ela disse — "coitada!" —, a senhora virtuosa fará uma grande descoberta:

— Mas essa gente pobre é danada para ter filho. Que gente!

O que preocupa a senhora virtuosa são os oito gêmeos de Paracatu, os vinte gêmeos de Corumbá, os cinqüenta e três gêmeos de Manaus, os gêmeos que aparecem nos jornais, os gêmeos que dão na vista. A senhora virtuosa se esquece dos outros: dos milhares de gêmeos, dos milhões de gêmeos, filhos gêmeos da Mãe Miséria, que nascem em toda parte do Brasil. Esses nascem, e morrem ou crescem, imperfeitos e tristes. A senhora virtuosa diz que ama e respeita a maternidade. Mas o que comove a senhora virtuosa na mãe de três ou cinco filhos não é propriamente a maternidade: é o recorde, é a mágica, é o fenômeno. O mundo para a senhora virtuosa é um circo. Ela admira o prestidigitador que tira vinte coelhos de uma cartola. Ela não conhece o pobre homem que está no fundo da platéia, tão silencioso e tão pobre, tão sem importância e tão humilde, que, se um dia a senhora virtuosa lhe fosse perguntar:

— O senhor está precisando de alguma coisa?

Ele responderia encabulado:

— Não, senhora, muito obrigado.

E morreria quieto, de fome.

Rio, 1938.

O Número 12

Estão dizendo por aí que o governo vai lançar imposto sobre os solteiros de 25 a 64 anos. As famílias numerosas serão auxiliadas com a renda desse imposto.

Embora eu pertença à vasta classe dos que acham que tudo o que o governo faz está certo, devo confessar que pessoalmente essa lei não me alegra. Trata-se, afinal de contas, de aumentar a população.

Ora, sempre desconfiei que existe gente demais no mundo. Há por aí numerosos cavalheiros que eu teria vontade de chamar ao meu escritório para dizer a cada um:

— Cavalheiro, eu tenho notado que o senhor está vivendo, e parece disposto a continuar assim por muito tempo. Não faça isso. O senhor está dispensado. Desculpe, mas o senhor está dispensado de viver. Tenha a fineza de se retirar deste mundo. Desculpe se sou obrigado a lhe dizer isso, mas se eu tomo essa providência é por falta de espaço. Retire-se!

Na verdade, há falta de espaço. A gente vive se acotovelando. Um se atravessa no caminho, outro nos abalroa, outro nos atropela. Além do mais, no Brasil faz muito calor. Precisamos arejar o ambiente. Não chego a propor um prêmio às famílias dos suicidas, mas creio que incrementar o nascimento de mais gente é ruindade.

Concordo com o imposto sobre os solteiros. Afinal de contas eu me casei, e não considero ninguém melhor do que eu. O imposto sobre as solteiras é que me parece pouco justo. Em primeiro lugar porque no Brasil, segundo dizem, o número de homens é inferior ao de mulheres. Assim, muitas moças pagarão impostos por motivos puramente estatísticos. Além do mais, as moças não se casam quando querem, mas quando são queridas. Em muitas cidades do interior há centenas de moças bonitas que não ouvem propostas. Que culpa pode ter uma mercadoria de não encontrar comprador?

A solteirona poderá dizer aos homens do governo:

— Não me taxem, senhores, por eu estar solteira. Posso lhes garantir em segredo que a culpa não é minha. Querem que eu me case? Arranjem um marido!

Se o que se procura é incrementar o casamento, creio que o melhor seria adotar o divórcio. O casamento é hoje, no Brasil, um beco sem saída. Querem aumentar o movimento do beco? Abram uma saída, pelo menos uma saída de emergência. Todos, assim, terão menos medo de entrar.

Dizem que as famílias de doze filhos não pagarão

impostos. Em vista da pobreza da população é fácil supor que muitos casais de onze, dez ou oito filhos farão mais alguns "para inteirar". Esses filhos serão, amanhã, homens mais ou menos humilhados. A cada um deles se poderá dizer mais tarde:

— O senhor não é filho do amor. O senhor é filho do sistema tributário. O senhor nasceu "para inteirar". O senhor não é um homem: é um número, um número para inteirar uma dúzia!

Rio, 1938.

Dia da Raça

Um telegrama de São Paulo diz que ontem, 12 de outubro, não houve aula nas escolas públicas, porque era o "Dia da Raça". No dia 4 de setembro foi festejado no Rio esse mesmo "Dia da Raça". De onde se conclui que não há apenas um dia; há, pelo menos, dois dias. E pode ser que sejam três, pois também em 7 de setembro vários jornais disseram que era o "Dia da Raça". Um, dois, três dias, não importa. O que realmente importa é que não há raça. Não há raça — porque há raças.

Festejar uma raça no Brasil ou é uma coisa sem sentido ou é falta de educação. Será sem sentido quando pretender festejar a raça brasileira, que não existe. Será falta de educação quando pretender dirigir os festejos a um dos componentes de nossa mistura racial, esquecendo os outros. O que poderíamos ter, com um pouco de bom senso, era o "Dia da Mistura da Raça".

Na verdade o nosso problema não é afirmar e defender as qualidades específicas de uma determinada raça. É promover a mistura mais íntima de todas elas. Essa mistura humana é o nosso ideal. Ainda outro dia li um artigo de Hearst, o famoso diretor de jornais norte-americano. Embora habitualmente faça política mais ou menos favorável aos países onde há racismo, Hearst parece ter ficado impressionado com as misérias e as desumanidades praticadas, por este mundo afora, em nome da Raça. Escreveu, então, um apelo aos países racistas. Pediu a eles que mandassem para os Estados Unidos as raças imprestáveis. E também os insubmissos, os não-conformistas, os chamados "maus elementos", os professores "dissolventes", os sábios de "sangue sujo", os indesejáveis de sangue e de política. Disse a eles que os Estados Unidos são "uma raça misturada, uma raça forte, uma raça vigorosa". E acrescentou que essa "mistura" é exatamente o motivo do vigor da nova raça que se vai formando nos Estados Unidos.

Em síntese, Hearst gritou: mandem os seus homens "inferiores"; nós formaremos com eles o povo mais forte do mundo!

Festejemos, portanto, qualquer dia, o "Dia da Mistura da Raça". Instituamos prêmios para os casamentos de alemão com japonesa, de japonês com preta, de preto com índia, de índio com italiana, de italiano com polonesa, de polonês com síria, de sírio com espanhola, de espanhol com judia, etc., etc. Misturemos alegremente as raças. No fim dá certo. E se não der certo será, pelo menos, divertido.

Rio, 1938.

Muito Calor

Ontem, com aquele calor todo, apareceu um homem disposto a discutir comigo. Eu discuto muito mal, principalmente no verão. O homem defendia os agiotas. Isto é, não defendia. O que ele dizia era que, afinal de contas, os agiotas não sei o que têm, porque é preciso não esquecer que, de um certo ponto de vista, é preciso encarar a questão, aliás, não sei o quê... Era mais ou menos isso o que o homem dizia. Ele citou vários exemplos e de vez em quando me perguntava:

— Você não acha que eu tenho razão?

Eu não achava nem deixava de achar, de maneira que não dizia nada. Aí o homem insistia:

— Vamos, diga, isso é ou não é um fato?

— É...

— Pois bem. Agora você precisa ver outra coisa. Aqui

no Rio de Janeiro há não sei quantas casas de penhor. Muito bem. Pois então vamos fazer um cálculo...

Aí o homem fazia um cálculo. Depois perguntava se eu não concordava com o cálculo, se não achava justo, se achava exagerado — aí teve uma hora que não sei o que foi que eu disse que o homem gritou:

— Mas então é você que defende os usurários! Esse argumento seu...

E ele me provou por *a* mais *b* que o meu argumento era uma grande arma na mão dos usurários. Aliás, reparando bem, uma arma de dois gumes. Eu, a bem dizer, não me lembrava mais qual era o meu argumento, nem mesmo sabia que tinha dado um argumento. O homem falou sobre taxas de juros, avaliação, leilão e monte-de-socorro, fiscalização, prazo e outras coisas desse gênero. Confesso que fiquei um pouco desorientado. O homem então se exaltou não sei por que e perguntou se eu queria que os usurários me emprestassem dinheiro a um por cento ao mês.

— É isso que você quer, não é?

— Eu, não...

— Então o que é que você quer?

Respondi que eu não queria nada. Ele disse que "não quero nada" era um modo de dizer. E perguntou outra vez, ameaçador:

— Mas então o que é que você acha? Eu não compreendo você! Ora você diz uma coisa, ora outra. Vamos, me explique, o que é que você acha?

Respondi com a máxima sinceridade:

— Eu acho que está fazendo muito calor.

O homem ficou um pouco zangado e disse que comigo não se podia discutir. Não valia a pena discutir. Para que ele não ficasse mais zangado, concordei:

— Pois é isso o que eu sempre digo.

O leitor me desculpe, mas não sei o que falamos mais nessa palestra tão interessante e instrutiva. O que sei é que estava fazendo muito calor, e que no momento em que escrevo continua fazendo muito calor.

Rio, novembro, 1938.

CAFEZINHO

Leio a reclamação de um repórter irritado que precisava falar com um delegado e lhe disseram que o homem havia ido tomar um cafezinho. Ele esperou longamente, e chegou à conclusão de que o funcionário passou o dia inteiro tomando café.

Tinha razão o rapaz de ficar zangado. Mas com um pouco de imaginação e bom humor podemos pensar que uma das delícias do gênio carioca é exatamente esta frase:

— Ele foi tomar café.

A vida é triste e complicada. Diariamente é preciso falar com um número excessivo de pessoas. O remédio é ir tomar um "cafezinho". Para quem espera nervosamente, esse "cafezinho" é qualquer coisa infinita e torturante. Depois de esperar duas ou três horas dá vontade de dizer:

— Bem, cavalheiro, eu me retiro. Naturalmente o Sr. Bonifácio morreu afogado no cafezinho.

Ah, sim, mergulhemos de corpo e alma no cafezinho. Sim, deixemos em todos os lugares este recado simples e vago:

— Ele saiu para tomar um café e disse que volta já.

Quando a Bem-amada vier com seus olhos tristes e perguntar:

— Ele está? — alguém dará o nosso recado sem endereço. Quando vier o amigo e quando vier o credor, e quando vier o parente, e quando vier a tristeza, e quando a morte vier, o recado será o mesmo:

— Ele disse que ia tomar um cafezinho...

Podemos, ainda, deixar o chapéu. Devemos até comprar um chapéu especialmente para deixá-lo. Assim dirão:

— Ele foi tomar um café. Com certeza volta logo. O chapéu dele está aí...

Ah! fujamos assim, sem drama, sem tristeza, fujamos assim. A vida é complicada demais. Gastamos muito pensamento, muito sentimento, muita palavra. O melhor é não estar.

Quando vier a grande hora de nosso destino nós teremos saído há uns cinco minutos para tomar um café Vamos, vamos tomar um cafezinho.

Rio, 1939.

Crime de Casar

Um juiz desta capital, em longa sentença, que não li, condenou um homem a três anos e meio e uma mulher a dois anos. Ele, Demóstenes, está na Correção; ela, Maria, está no Reformatório das Mulheres Criminosas. Que fizeram esses dois? Que feio crime cometeram? Casaram-se. Por causa disso o juiz os condenou. Daqui a dois anos a criminosa reformada Maria sairá da cadeia; daqui a três anos e meio o criminoso corrigido Demóstenes será solto. Ambos voltarão para a sociedade dispostos a não se casarem nunca mais. E como o casamento deles ficou anulado, e como eles se amam, naturalmente irão viver amigados. E a sociedade ficará tranqüila, e o juiz não os condenará mais.

Esta é, em resumo, a história. Há um detalhe e esse detalhe foi que atrapalhou: Demóstenes já era casado, e

Maria sabia disso. Aliás, não foi propriamente esse detalhe que atrapalhou. O que atrapalhou mesmo foi outro detalhe. Demóstenes não é rico, e não teve dinheiro para ir ao Uruguai dar um jeitinho. Eu não quero concluir daí, em absoluto, que Demóstenes e Maria estão na cadeia porque são pobres. Mas talvez seja possível concluir que eles estão na cadeia porque são pobres soberbos. Se fossem pobres humildes fariam esta coisa simples: viveriam juntos. Mas os dois desde a infância ouviram dizer que casamento é uma coisa muito direita, a amigação é coisa feia. Casaram-se.

O juiz os condenou, e fez muito bem, porque cumpriu a lei. A obrigação do juiz é cumprir a lei, eu sei disso; e foi talvez por isso mesmo que há tempos, quando amigos incautos quiseram me nomear juiz, eu fiquei encabulado e não aceitei.

Não quero tirar dessa historieta triste esta moralidade imoral: que o melhor é não casar, é amigar. Há, no caso, esta moral elevadíssima, que certamente inspirou a lei e moveu o juiz: o melhor, para Demóstenes, era viver com sua esposa antiga, e, para Maria, era casar com um homem solteiro. O único defeito desta moral elevadíssima é ser elevada demais: a vida humana nem sempre é possível nessas altitudes. Lá em cima, além, muito além da estratosfera, como diria Alencar, na região puríssima da moral absoluta, faz frio demais, e falta pressão: falta pressão sentimental. A vida humana não é possível sem uma certa pressão. Eu não digo isso por mim, que sofro de muita pressão (eis que sou um abafado), mas por Demóstenes.

Um amigo tenho eu que se casou há coisa de um mês. Encontrando-o, tive a falta de educação de pedir suas impressões. Ele me respondeu que estava gostando muito, mas muito mesmo. Disse que o casamento é uma grande coisa, que todo homem decente deve casar. E feliz, felicíssimo, exclamou:

— Francamente, estou entusiasmado. Se pudesse, eu me casaria todo mês!

Não cheguemos a tanto: neste caso há o que chamarei excesso de pressão. E a lei está aí. Dura lei, mas lei. Este brocardo é curto, mas em compensação não presta. A vida em si mesma já é tão dura que eu acho um exagero de mau gosto fazê-la ainda mais dura com a dureza da lei. Não creiam que eu seja favorável à moleza geral dos costumes; apenas acho que jogar uma mulher por dois anos na cadeia, no meio de ladras e assassinas, só porque ela se casou com um homem casado, é dureza muita, e demais. Quanto a Demóstenes, ele não enganou ninguém: Maria já sabia que ele era casado. Há tantos homens por aí presos e condenados porque não querem casar, mesmo ainda sendo solteiros, que eu lamento a perseguição feita a esse homem que fez questão de casar, mesmo já sendo casado. Na verdade, sinto que fiz muito bem em não querer ser juiz. Como simples cidadão, sou respeitador das leis: se fosse juiz, num caso desses, eu a desrespeitaria. E antes ser um bom sujeito que um mau juiz, penso eu.

Porto Alegre, julho, 1939.

A CASA DO ALEMÃO

Foi meu prezado amigo e vizinho nesta página, Nilo Ruschel, que me contou. Quando chegamos lá ele mandou parar o carro:

— É ali.

Olhamos a pequena e estranha construção de cimento. Lá dentro havia um operário colocando tijolos. Estava estragada toda a literatura de Nilo Ruschel.

— Você disse que ele fazia tudo sozinho. Agora ele contratou um operário.

Mas no mesmo instante o operário virou a cabeça para nos olhar, inquieto. E vimos então sua grande cara barbuda, de uma grande barba ruiva:

— É ele mesmo!

Nesta hora em que escrevo, o alemão barbudo está lá, construindo, sozinho, a sua casa de cimento armado, em Petrópolis. Está sozinho, com sua barba imensa, fazendo a sua própria casa. Mora no pequeno porão. Até a cumeeira é de cimento armado. Sua história eu não sei. Dizem que foi ferido na Grande Guerra, ferido no corpo e no espírito. Depois emigrou. Deixou crescer a barba, talvez para esconder as cicatrizes do rosto. E para esconder as cicatrizes da alma se fez solitário. Trabalha em alguma parte — para viver. Mas a grande obra de sua vida é aquilo: a sua casa de cimento armado, sólida, pequena, invulnerável. Dizem que ele tenciona captar a eletricidade da atmosfera. Eu duvido. Duvido que o sólido alemão barbudo queira captar alguma coisa, seja na atmosfera, seja na terra, seja no mar. Em um de seus livros, Oswald de Andrade escreveu, caracterizando a confusão de São Paulo durante uma revolução: "Sou o único homem livre desta formosa cidade porque tenho um canhão no meu quintal." Durante os conflitos entre fascistas e socialistas, na Itália, foi preso Hercole Bambucci, futuro discípulo do mestre Júlio Jurenito, porque, armado de uma carabina, dava tiros para os dois lados. No fim da guerra da Espanha dizem que foi preso na fronteira da França um anarquista espanhol. Perguntaram-lhe se estava ao lado dos republicanos. Disse que não. Estava ao lado dos nacionalistas? Também não. Concluíram que o homem não tinha tomado parte na luta. Mas ele explicou, orgulhoso, com um profundo desprezo por nacionalistas e republicanos:

— Eu tinha um fuzil-metralhadora e lutava por conta própria...

O alemão barbudo de Petrópolis é um desses. Apenas ele não luta. Ele se defende por conta própria. O mundo está confuso. Povos invadem povos. Cidades são arrasadas. Canhões dão berros de morte, aviões despejam bombas, metralhadoras cortam carne. E ele sabe o que é uma guerra. Sua velha barba ruiva treme de espanto:

— "Eles" começam outra vez?

Onde irá parar o mundo? Que farão os homens que continuam se matando? Que vai acontecer? Então o velho barbudo exclama:

— Eu faço com minhas próprias mãos, sozinho, a minha casa onde vou morar sozinho. Eu mesmo faço os alicerces e ponho o cimento nas fôrmas, e coloco tijolo sobre tijolo. Não pedi a ninguém para desenhar a minha casa nem peço a ninguém que me ajude. A casa é minha e para mim. Sou apenas um homem. Faço-a com cimento, estranha como um túmulo, forte como um *block haus*. Os povos constroem linhas de cimento armado para se defenderem. Eu não sou um povo, eu sou um homem. Homens morrem aos milhares, aos milhões. Já vi homens morrendo, já matei homens. Não quero morrer. Nada espero da vida. Não preciso nem que o vento mexa em minhas barbas — e minha casa será tão dura, tão áspera que nenhum passarinho virá perto dela cantar. Não plantarei árvore nenhuma, nem levarei para dentro de minha casa nenhuma mulher. Com uma mulher eu poderia ter um filho, que mais tarde seria um homem. Evidentemente seria uma estupidez: há homens demais, e tantos que eles se matam. Eu sou um homem e na certa morrerei. Mas se a morte quiser me pegar, ela tem de vir me buscar dentro de meu forte de cimento armado. Quero viver. Quero viver cercado de cimento, eu comigo mesmo, dentro da minha toca de cimento que faço com minhas mãos, com meu suor, com minha força. Guerreie-se, arrebente-se, dane-se, estripe-se quem quiser. A humanidade continue se matando e gerando mais filhos que se matarão. Eu sou um homem, irredutivelmente um homem, um homem apenas — nada tenho a ver com a humanidade. Não quero saber de homens, nem de mulheres, nem de borboletas, nem de coisa alguma. Faço a minha casa de cimento e moro dentro dela.

Assim falaria o alemão barbudo. Mas na verdade não fala coisa alguma. Está calado, só, debaixo do sol, sujo, feroz, formidável, construindo com suas próprias mãos a sua casa de cimento!

Porto Alegre, outubro, 1939.

Coração de Mãe

O nome da rua eu não digo, e o das moças muito menos. Se me perguntarem se isso não aconteceu na Rua Correia Dutra com certas jovens que mais tarde vieram a brilhar no rádio eu darei uma desculpa qualquer e, com meu cinismo habitual, responderei que não.

As moças eram duas, e irmãs. A mãe exercia as laboriosas funções de dona de pensão. Uma senhora que é dona de pensão no Catete pode aceitar depois indiferentemente um cargo de ministro da guerra da Turquia, restauradora das finanças do Reich ou poeta português. A pensão da mãe das moças era uma grande pensão, pululante de funcionários, casais, estudantes, senhoras bastante desquitadas. E não devo dizer mais nada: quando menos se falar da mãe dos outros, melhor. Juntarei apenas que essa mãe era muito ocupada e que as moças possuíam, ambas, olhos azuis. No pardieiro pardarrão, tristonho, as duas meninas louras viviam cantarolando. Creio ser inevitável dizer que eram como dois excitantes e leves canários belgas a saltitar em feio e escuro viveiro — e a mãe era muito ocupada.

A tendência das moças detentoras de olhos azuis é para ver a vida azul-celeste; e a dos canários é voar. Mesmo sobre os casarões do Catete o céu às vezes é azul, e o sol acontece ser louro. Uns dizem que na verdade esse céu azul não pertence ao Catete, e sim ao Flamengo: a população do Catete apenas o poderia olhar de empréstimo. Outros afirmam que o sol louro é da circunscrição de Santa Teresa e da paróquia de Copacabana; nós, medíocres e amargos homens do Catete, também o usufruiríamos indebitamente. Não creio em nada disso. A mesma injúria assacaram contra Niterói ("Niterói, Niterói, como és formosa", suspirou um poeta do século passado, que foi o dos suspiros), declarando que Niterói não tem lua própria, e a que ali é visível é de propriedade do Rio. Não, em nada disso creio. Em minhas andanças e paranças já andei e parei em Niterói, onde residi na Rua Lopes Trovão, e recitava habitualmente com muito desgosto de uma senhorita vizinha:

"Caramuru, Caramuru, filho do fogo, mãe da Rua Lopes Trovão!"

Já não me lembro quem me ensinou esses versinhos, aliás mimosos. Ainda hoje costumo repeti-los quando de minhas pequenas viagens de cabotagem, jogando miolo de pão misto às pobres gaivotas.

Ora, aconteceu que uma noite, ou, mais propriamente, uma madrugada, a mãe das moças de olhos azuis achou que aquilo era demais. Cá estou prevendo o leitor a perguntar que "aquilo" é esse, que era demais. Explicarei que Marina e Dorinha haviam chegado em casa um pouco tontas, em alegre e promíscua baratinha. Certamente nada acontecera de excessivamente grave — mas o coração das mães é aflito e severo. Aquela noite nenhum hóspede dormiu: houve um relativo escândalo e muitas imprecações.

No dia seguinte pela manhã aconteceu que Marina estava falando ao telefone com voz muito doce e dona Rosalina (a mãe) chegou devagarinho por detrás e ouviu tropos que tais:

— Pois é... a velha é muito cacete. Não, não liga a isso não. É cretinice da velha, mas a gente tapeia. Olha, nós hoje vamos ao dentista às 5 horas. É...

"A velha..." Essa expressão mal-azada foi o início da tormenta. A conversa telefônica foi interrompida da maneira pela qual um elefante interromperia a palestra amorosa de dois colibris na relva. Verdades muito duras foram proferidas em voz muito alta. A "velha" vociferava que aquilo era uma vergonha e preferia matar aquelas duas pestes a continuar aquele absurdo. "Maldita hora" — exclamou — "em que teu pai foi-se embora." Assim estavam as coisas quando Dorinha apareceu no corredor — e foi colhida ou colidida em cheio pela tormenta. Houve ligeira reação partida de Marina, assim articulada:

— E a senhora também! Pensa que estou disposta a viver ouvindo desaforos? A senhora precisa deixar de ser...

Depois do verbo "ser" veio uma palavra que elevou dona Rosalina ao êxtase da fúria. As moças foram empolgadas em um redemoinho de tapas e pontapés escada abaixo, ao mesmo tempo que dona Rosalina berrava:

— Fora! Para fora daqui, todas duas!

("Todas duas" é um galicismo, conforme algum tempo depois observou um leitor da *Gramática Expositiva Superior* de Eduardo Carlos Pereira, residente naquela pensão, em palestra com alguns amigos.)

Outras palavras foram gritadas em tão puro e rude vernáculo que tentarei traduzi-las assim:

— Passem já! Vão fazer isso assim assim, vão para o diabo que as carregue, suas isso assim assim! Não ponham mais os pés em minha casa!

(O leitor inteligente substituirá as expressões "isso assim assim" pelos termos convenientes; a leitora inteligente não deve substituir coisa alguma para não ficar com vergonha.)

As moças desceram até o quarto sob intensa fuzilaria de raiva maternal, arrumaram chorando e tremendo uma valise e se viram empurradas até a porta da rua. Nessa porta dona Rosalina fez um comício que, mesmo contando os discursos do Sr. Maurício de Lacerda na Primeira República e os piores artigos dos falecidos senhores Mário Rodrigues e Antônio Torres produzidos sob o mesmo regime, foi das coisas mais violentas que já se disseram em público neste país. O café da esquina se esvaziou; automóveis, caminhões e um grande carro da Limpeza Pública estacionaram na estreita rua. As duas mocinhas, baixando as louras cabeças, choravam humildemente.

Gente muito misturada, etc. É assim que os habitantes dos bairros menos precários e instáveis costumam falar mal de nosso Catete. Mas uma coisa ninguém pode negar: nós, do Catete, somos verdadeiros *gentlemen*. O cavalheirismo do bairro se manifestou naquele instante de maneira esplendente quando a senhora dona Rosalina deu por encerrado, com um ríspido palavrão, o seu comício.

Em face daquelas mocinhas expulsas do lar e que soluçavam com amargura houve um belo movimento de solidariedade. Um cavalheiro — o precursor — aproximou-se de Marina e sugeriu que em sua pensão, na Rua Buarque de Macedo, havia dois quartos vagos, e que elas não teriam de pensar no pagamento da quinzena. Um segundo a esse tempo sitiava Dorinha, propondo chamar um táxi e levá-la para seu apartamento, onde ela descansaria, precisava descansar, estava muito nervosa. A idéia do táxi revoltou alguns presentes, que ofereceram bons carros particulares.

De todos os lados apareceram os mais bondosos homens — funcionários, militares, estudantes, médicos, bacharéis, engenheiros sanitários, jornalistas, comerciários, seminaristas e atletas — fazendo os mais tocantes oferecimentos.

Um bacharel pela Faculdade de Niterói (então denominada "a Teixeirinha"), que morava na própria pensão de dona Rosalina e que havia três meses não podia pagar o quarto, ofereceu-se, não obstante, para levar os dois canários até São Paulo, onde pretendia possuir um palacete. Ouvindo isso, um estudante de Medicina que se sustentava a médias no Lamas tomou coragem e propôs conduzi-las para o Uruguai. Seria difícil averiguar por que ele escolheu o Uruguai; naturalmente era um rapaz pobre, com o inevitável complexo de inferioridade: ao pensar em estrangeiro não tinha coragem de pensar em país maior ou mais distante.

Em certo momento um caixeirinho do armazém disse que as moças poderiam ir morar com sua prima, em Botafogo. Essa idéia brilhante de oferecer uma proteção feminina venceu em toda a linha. Um jovem oficial de gabinete do Ministro da Agricultura sugeriu que elas fossem para casa de sua irmã. Um doutorando indicou a residência de sua irmã casada, e um tenente culminou com um gesto largo ofertando-lhes a proteção de sua própria mãe, dele. A luta chegou a tal ponto que um bancário, intrépido, ofereceu três mães, à escolha. Em alguns minutos as infelizes mocinhas tinham a sua disposição cerca de quinze primas, vinte e três irmãs solteiras, quatro tias muito religiosas, quarenta e uma irmãs casadas e oitenta e três mães.

O mais comovente era ver como todos aqueles bons homens procuravam passar a mão pelas cabeças das mocinhas, e lhes dirigiam as palavras mais cheias de ternura e bondade cristã. Trêmulas e nervosas, Marina e Dorinha hesitavam. De qualquer modo a situação havia de ser resolvida. O cavalheiro que tinha conseguido parar o carro em local mais estratégico começou a empurrar docemente as moças para dentro dele, entre alguns protestos da assistência. Vários outros choferes pretenderam inutilmente fazer valer seus direitos — e até o motorista da Limpeza Pública quis à viva força conduzi-las para a boléia do grande caminhão coletor de lixo.

Foi então que, subitamente, dona Rosalina irrompeu de novo escada abaixo; desceu feito uma fúria, abriu caminho na massa compacta e agarrou as filhas pelos braços, gritando:

— Passem já para dentro! Já para dentro, suas desavergonhadas!

Eis o motivo pelo qual eu sempre digo: não há nada, neste mundo, como o coração de mãe.

Rio, 1939.

Nazinha

No meio da noite comum do jornal um colega de redação perguntou-me:

— Quinze anos — é menina ou senhorita?

Estava redigindo uma nota social e me propunha esse problema simples.

— Senhorita.

Ele ficou meio em dúvida e eu argumentei:

— Põe senhorita. Mocinha de quinze anos fica toda contente quando o jornal chama de senhorita...

Mas ele explicou:

— Essa, coitada, não vai ficar contente. É um falecimento...

E pôs "senhorita". E continuou a noite comum de jornal. Nem sei explicar por que pensei nisso no meu caminho de sempre, depois do trabalho, na rua vazia, de madrugada. Menina ou senhorita? Senti de repente uma pena gratuita daquela mocinha que morrera. Nem me dera ao trabalho de perguntar seu nome. Entretanto ali estava comovido... Ó, Senhor, o Diabo carregue as meninas e senhoritas, e que elas morram aos quinze anos, se julgarem conveniente! Pensei vagamente assim, mas a lembrança daquele diálogo perdido na rotina do serviço de redação insistia em me comover. Senti simpatia pelo meu companheiro de trabalho por causa de sua expressão:

— Essa, coitada...

Bom sujeito, o Viana. E fiquei imaginando que no dia seguinte poderia ler no jornal o nome da mocinha e de seus pais. E que talvez um dia, por acaso, eu conhecesse esses pais. Ele seria um senhor de uns quarenta e cinco anos, moreno, bigodes malcuidados, a cara magra, os cabelos grisalhos. Ela seria uma senhora de quarenta e um anos, ou talvez apenas trinta e oito anos, vagamente loura, os olhos parados, a cara triste, talvez um pouco gorda, de luto, muito religiosa, meio espírita depois da morte da filha. E então eu lhes contaria que me lembrava bem dessa morte, e contaria a conversa da redação — mentindo talvez um pouco, inventando uma conversa mais comovida, para ser delicado. E eles chamariam a outra irmã, uma garota de seis ou sete anos, os olhos claros, e lhe diriam que fosse lá dentro buscar os retratos de Iná — poderia ser Iná, talvez com o apelido de Nazinha, o nome da filha morta. E viriam dois retratos: um aos treze anos, na janela da casa, rindo; outro aos nove anos, com a irmãzinha ao colo, muito séria. E então a mãe diria que só tinha aqueles dois retratos — que pena! e que gostava mais daquele dos nove anos:

— Não é, Alfredo? Está mais com o jeitinho dela...

O Sr. Alfredo concordaria mudamente e eu me sentiria ali inútil, sem saber o que dizer, e iria embora. E talvez, depois que eu saísse, a mulher dissesse ao marido:

— Parece ser boa pessoa...

E isso não teria importância nenhuma, nem me faria ficar melhor nem pior do que sou. E nada disso acontecerá. Mas pensei em tudo isso andando na rua deserta e subindo as escadas para o meu quarto. E hoje, depois de tantos dias, senti vontade de escrever isso, talvez na vaga esperança de que o Sr. Alfredo — esse homem qualquer que perdeu uma filha e que, não sei por que, eu penso que se chama Sr. Alfredo — leia o que estou escrevendo.

"Sr. Alfredo. O senhor e sua senhora..."

Não, não vale a pena escrever aqui um bilhete ao Sr. Alfredo. Vai ver que a mocinha era órfã de pai, e eu estarei tentando consolar um Sr. Alfredo que nem existe, nem com esse nome, nem com nenhum outro. Vai ver a mocinha era doente, talvez aleijada de nascença, e que sua morte foi, no dizer de sua própria mãe, "um descanso, coitada, para ela e para os outros". Oh, o Diabo carregue as meninas e senhoritas, e que elas morram, morram às dúzias, às grosas, aos milhões! Morram todas as pálidas Nazinhas, morram, morram, morram, e não me amolem, pelo amor de Deus!

Nazinha... Por que inventei para a moça esse nome de Nazinha? Agora eu vejo nitidamente e, não sei por que, a imagino uns vinte e três dias antes de morrer, magrinha, os olhos claros, os cabelos castanho-claros, vestida de preto como se estivesse de luto antecipado por si mesma. Seus lábios são pálidos, e os dentes de cima um pouco salientes deixam a boca semi-aberta, e ela tem um ar tímido, dentro de seu vestido preto, com meias de seda preta, sapatos pretos, um ar tímido de quem estivesse pedindo uma esmola, a esmola de viver.

Nazinha... Reparo em seus sapatos pretos de salto alto (sapatos de moça, de senhorita, não de menina), e imagino que eles foram comprados pela mãe, que primeiro levou outro par que não servia porque estava apertando um pouco, e depois foi na loja trocar. E tudo isso me comove, essa simples história dos sapatos de Nazinha, desses sapatos com que ela foi enterrada. Pobres sapatos, pobre Nazinha. Pensemos em outra coisa.

São Paulo, agosto, 1942.

Os Mortos de Manaus

Febre tifóide, 6; difteria, 2; coqueluche, 2; sarampo, 1... lia automaticamente um folheto jogado sobre a mesa da redação.

Febre tifóide, 6; difteria, 2; coqueluche, 2... Pensei num pequeno grupo de engraxates que quase toda noite se reúne na esquina da Avenida São João e Anhangabaú e canta sambas, fazendo a marcação com as escovas e as latas de graxa. São uns quatro ou cinco pretos que cantam assim pela madrugada, fazendo de seus instrumentos de trabalho instrumentos de música. Mas que poderia escrever sobre eles? Pensei também numa fita de cinema, num livro, numa determinada pessoa. Os assuntos passavam pela cabeça e iam-se embora sem querer ficar no papel. Febre tifóide, 6; difteria, 2; coqueluche, 2; sarampo, 1. São os mortos de Manaus. Apanhei o folheto e vi que era o *Boletim Estatístico do Amazonas*. Uma nota de estatística demógrafo-sanitária; as pessoas que faleceram em Manaus durante o primeiro trimestre do corrente ano. Larguei o folheto e continuei a procurar assunto.

Aquela notícia dos mortos de Manaus me fez lembrar um poema de Mário de Andrade sobre o seringueiro; Mário de Andrade me fez pensar em uma outra pessoa que também vi várias vezes no bar da Glória e essa outra pessoa me fez pensar em uma tarde de chuva; isso me lembrou a necessidade de comprar um chapéu, o chapéu me fez pensar no lugar onde o deixei e, logo depois, numa canção negra cantada por Marian Anderson: "Eu tenho sapatos, tu tens sapatos..." Nessa altura a preocupação de encontrar um assunto fez voltar meu pensamento para os engraxates da Avenida São João; mas logo rejeitei essa idéia.

E na minha frente continuava o folheto sobre a mesa: Febre tifóide, 6; difteria, 2; coqueluche, 2... Sim, eu voltava aos mortos de Manaus. Ou melhor, os mortos de Manaus voltavam a mim, rígidos, contados pela estatística, transformados apenas em números e nomes de doenças. Ao todo 428 pessoas mortas em Manaus durante o primeiro trimestre do ano de 1940. Que doença matou mais gente? Senti curiosidade de saber isso. O número mais alto que encontrei foi 73; diarréia e enterite. Com certeza na maior parte crianças. Morrem muitas crianças dessas coisas de intestinos no Brasil. Dizem os médicos que é por causa da alimentação pouca ou errada, pobreza ou ignorância das mães. Eis uma coisa que não chega a me dar pena porque me irrita: o número de crianças que morre no Brasil.

Lembro-me que certa vez juntei uma porção de artigos médicos sobre o assunto e escrevi uma crônica a respeito. Mas já nem sei exatamente o que os médicos diziam. O que me irrita é o trabalho penoso das mulheres, o sacrifício inútil de dar vida a tantas crianças que morrem logo. Agora me lembro de um trecho da tal crônica: eu dizia que a indústria nacional que nunca foi protegida é a indústria humana, de fazer gente. Preferimos importar o produto em vez de melhorar a fabricação dele aqui. Não se toma providência para aproveitar o produto nem para que ele seja lançado em boas condições no mercado. A lei só cuida de que ele não deixe de ser fabricado. Fabricação de anjinhos em grande escala! Que morram aos montes as crianças: mas que nasçam aos montões! É brutal.

Mas afinal seriam mesmo crianças, na maior parte, aquelas 73 pessoas? Nem disso tenho certeza. Vamos ver qual é a outra doença que mata mais gente. Passo os olhos pela lista. É impaludismo: 60. Depois, tuberculose, 51. Depois nefrite, 32. Noto que houve dois suicidas e dois assassinados. E 19 mortos por "debilidade congênita". É a tal fabricação a grosso de gente. Fico pensando nesses débeis congênitos de Manaus. Tenho o desejo cruel de assistir a um filme em que os visse morrer: um filme feito em janeiro, fevereiro e março de 1940 em Manaus. Muito calor, chuvas. 19 crianças imobilizando seus corpinhos magros nos bairros pobres. Vejo esses corpinhos que não possuem força para crescer, para viver: vejo esses pequeninos olhos que ficam parados. 19 enterros: "debilidade congênita". Se nos cinemas aparecessem uns complementos nacionais feitos assim, cruelmente, o povo que à noite vai aos cinemas se divertir ficaria horrorizado e amargurado. Que pensamento de mau gosto!

Penso nesses 60 mortos de impaludismo, nesses 51 mortos de tuberculose e tenho uma visão de seus corpos magros, enfim cansados de tremer, enfim cansados de tossir, sendo levados para o cemitério em dias de chuva, um após o outro. Sem febre mais: frios, frios, amarelados, brancos, míseros corpos de tuberculosos, de impaludados.

Lepra, 18; câncer e outros tumores malignos, 10; tumores não malignos, 2. Esse negócio de medicina tem lá os seus humorismos: que estranhos tumores são esses não malignos porém assassinos! Broncopneumonia, 24; doenças do fígado e das vias biliares, 24; disenteria bacilar, 5; doenças do parto, 5; gripe, 6; sífilis, 3; apendicite, 1... A lista é grande. Das 428 pessoas falecidas, 235 eram do sexo masculino e 193 do sexo feminino. Ainda bem que os homens morrem mais: 235 homens mortos, 193 mulheres mortas no primeiro trimestre de 1940 em Manaus.

De um modo geral não há nisso nada demais: está visto que as pessoas têm mesmo de morrer. Que morram. Se a gente começa a pensar muito nessas coisas, passa a vida não pensando em mais nada. Então por que esses mortos de Manaus vêm se instalar na minha mesa, subrepticiamente, esses mortos de Manaus sem nomes, numerados de acordo com suas doenças, na última página de um boletim de estatística? Enquanto eu procurava assunto e ouvia o samba dos engraxates e via o bar da Glória, e pensava em comprar um chapéu, esses mortos de Manaus me espreitavam certamente, esses 428 mortos absurdos de uma distante Manaus, esses impiedosos desconhecidos mortos me olhavam e expunham no boletim suas mazelas fatais e sabiam que eu não lhes poderia fugir.

Viajaram longamente no seio desse boletim, cada um com o nome de sua doença — o nome de sua morte — pregado na testa; esperaram meses até que eu os visse; o acaso os trouxe para cima da minha mesa; é eles se postaram ali, inflexíveis, reclamando atenção, anônimos, frios, mas impressionantes e duros.

Eu não tenho nada a ver com os mortos de Manaus! Tu nada tens a ver com os mortos de Manaus! Não importa: os mortos de Manaus estão mortos e existem mortos, devidamente registrados, com suas doenças expostas, impressos em boletim, contados e catalogados! Os mortos de Manaus existem: são 428 mortos que morreram em janeiro, que morreram em fevereiro, que morreram em março do ano de 1940.

Eles existem, eles não estão apenas jogados sobre a minha mesa, mas dentro de mim, mortos, peremptórios, em número de 428. Há dois que morreram por causas "não especificadas", mas nem por isso estão menos mortos que os outros, certamente. Os mortos de Manaus! Eles estão jogados sobre a mesa, e a mesa é vasta e fria como a tristeza do mundo, e eu me debruço, e eles projetam sobre minha alma suas 428 sombras acusativas. Sim, eu percebo que estão me acusando de qualquer coisa. Um deles — talvez um daqueles amargos e cínicos assassinados ou, espantosamente, apenas uma criança congenitamente débil —, um deles não está tão grave como os outros e ri para mim de modo tranqüilo mas terrível. E murmura:

— Pobre indivíduo, nós aqui te estamos a servir de

assunto, e nós o sabemos. À nossa custa escreves uma coisa qualquer e ganhas em troca uma cédula. Talvez a nossa lembrança te atormente um pouco, mas sairás para a rua com esta cédula, e com ela te comprarás cigarros ou chopes, com ela te movimentarás na tua cidade, na tua mesquinha vida de todo dia. E o rumor dessa vida, e o mofino prazer que à nossa custa podes comprar te ajudará a esquecer a nossa ridícula morte!

Assim fala um deles, mas sem muita amargura. São 428, e agora todos guardam silêncio. Mas esse silêncio de 428 mortos de verão em Manaus é tão pesado e tenso que eu percebo que acima desses intranqüilos ruídos do tráfego das ruas da cidade por onde daqui a pouco andarei, acima de algumas palavras que me disserem, ou de ternura, ou de aborrecimento, acima dos diurnos ou noturnos sons da vida, e do samba dos engraxates, e das músicas dos rádios do café onde entrarei, e das palavras de estranhos, perdidas nas esquinas, e do telefone e de minha própria voz, acima de tudo estará esse silêncio pesado. Estará sobre tudo como pesada nuvem pardo-escura tapando o céu de horizonte a horizonte, grossa, opressora, transformando o sol em um pesado mormaço. Os sons e as vozes da vida adquirem um eco sob essa tampa de nuvem grossa, pois essa nuvem é morta e está sobre todas as coisas.

Arredai, mortos de Manaus! Seja o que for que tiverdes a dizer, tudo o que me disserdes será tremendo, mas inútil. Eu me sentia em vossa frente inquieto e piedoso, mas sinto que não quereis minha piedade: os vossos olhos, os vossos 428 pares de olhos foscos me olham imóveis, acusadores, obstinados. Pois bem! A mais débil de todas as brisas do mundo, a mais tímida aragem da vida dentro em pouco vos afastará, pesada nuvem de mortos! Sereis varridos como por encanto para longe de minha vida e de minha absurda aflição. A força da vida — sabei, ó mortos! —, a força da vida mais mesquinha é um milagre de todo dia. Eu não tenho culpa nenhuma, e nada tenho a ver convosco. Arredai, arredai. Eu não tenho culpa de nada, eu não tenho culpa nenhuma!

São Paulo, setembro, 1940.

Temporal de Tarde

O rádio de experiência me dá a hora certa: exatamente 17 horas e 56 minutos. Depois começa a roncar de tal jeito que tenho medo de que ele arrebente, e desligo.

Olho os telhados sujos e lamentáveis sob a chuva. As chaminés do Brás expulsam penosamente sua fumaceira pesada no ar encharcado e ruim. O céu está pesado, baixo, sobre a cidade sórdida, a cidade que trabalha. De minha janela dos fundos para leste a cidade é chata e desagradável: casas baixas de pobres, e fábricas, usinas; ruas onde passam caminhões, carroças, gente suja, crianças sujas. De minha janela da frente para oeste ainda se trabalha; mas é trabalho relativamente limpo, em lojas e escritórios. Estou no limite: alguns metros além do Mercado ergue sua cúpula sobre as mercadorias, os bichos, as carnes, os legumes, os peixes mortos, o esforço de pequenos lavradores, pequenos comerciantes vorazes, carregadores suados. Caminhando para o ocidente encontrareis muitas pessoas que possuem bom gosto artístico, levam uma vida macia e amam ouvir sonatas. Eu sou o último desses patifes — e um dos perdoáveis, talvez o menos inocente e o mais melancólico. Lá embaixo há lama. A cidade dos que trabalham recebe quieta porém carrancuda a agressão covarde das nuvens: a chuva furiosa, cruel, a chuva que essas nuvens parecem cuspir com força e desprezo sobre casas feias e a humanidade feia.

Não sou inimigo da chuva. Quando tinha dez anos, ia a cavalo por um caminho aberto no mato bruto, e a tempestade rebentou de repente, num estrondo, num fuzilamento furioso. Tudo escureceu e as grandes árvores uivavam no vento. Um raio caiu perto do caminho: o cavalo alucinado empinou e desembestou, louco. Então o caminho era pouco mais que uma picada, e os galhos e garranchos me batiam na cara, ameaçavam me agarrar pela cabeça, me furar os olhos, me lançar no chão. Lembro-me de que senti uma raiva selvagem, e quando o cavalo desembocou na estrada larga galopando na terra fofa e perigosa eu dava gritos de gozo e de raiva. Também no mar já enfrentei, em canoa, dois temporais vomitados com raiva pelo sudoeste — na proa. E a fúria da água e do vento me exaltavam o ódio para a ação.

Agora, porém, sou como um funcionário público e estou metodizado, amolecido e irritado pela eterna vida urbana. Essa chuva que não chega a ser violenta me dá uma sensação de impotência e muda meu tédio em um desespero medíocre. Sinto nessa chuva deliberada maldade, uma intenção ruim de castigar a cidade não pelos seus vícios, mas pelo seu trabalho, pela sua miséria, pela fealdade de sua vida crivada de aborrecimentos.

Seis e tanto. A esta hora as comerciárias estão dispersas pela cidade, acossadas pela chuva forte e irritante, paralisadas longe de seus bondes. Em geral são feias ou pelo menos neutras — mas existem algumas que são mulheres de peregrina beleza. A chuva não faz a menor diferença. O que faz diferença é que umas estão com os sapatos furados e encharcam os pés — os pés cansados das que trabalham em certas lojas em que é proibido sentar. Nessas lojas as moças devem estar bem pintadas, bem penteadas, ter bons dentes, trazer as unhas limpas e sorrir. Há outras menos exigentes.

Como não chove há três dias, e hoje o tempo estava bom, nenhuma dessas comerciárias que moram longe podia honestamente prever que chovesse hoje. Estão, portanto, desprevenidas, e enquanto umas correm molhadas pelos viadutos e ruas desabrigadas, outras esperam interminavelmente sob algum toldo repleto e incômodo, na esperança de que a chuva passe logo. Ah! muito se enganam. Eu conheço essas chuvas, e eu digo com uma certeza feroz que choverá e choverá até dez horas da noite, até onze horas da noite. Se eu pudesse subir até a cidade e declarar isso pessoalmente a oitocentas, a novecentas comerciárias que se postam sob toldos e marquises ou em portas de cafés e farmácias — elas me achariam desagradável e não me acreditariam. Essas moças, principalmente as magras, principalmente as feias, sabem esperar, são técnicas em esperança, que alimentam com os pobres recursos de seus sentimentos contrariados.

A chuva enfraquece um pouco — e nisto há pior crueldade. Assim ela evita cuidadosamente ser dramática, não se torna um espetáculo. Ela apenas chove, chove com firmeza, chove para molhar, e molha completamente. Várias moças deixam a proteção dos toldos, e muitos toldos se recolhem canalhamente. As moças se arriscam à rua, e a chuva aumenta em rajadas para ensopar os seus vestidos, para castigá-las.

Os bondes que elas esperam ainda estão roncando em ruas distantes. Chegarão já superlotados — ah! não se iludam! —, chegarão cheios, incômodos, os bancos molhados, com mulheres gordas em pé lá dentro agarrando crianças, e homens encharcados nos estribos. E sobretudo — ó comerciárias! ó patetas e iludidas! — não pensem que aquele bonde seja o de vocês, o de vocês ainda vai demorar muito.

Algumas comerciárias tossem, outras tossirão mais tarde. Declaro cinicamente que várias ficarão tuberculosas. Umas conquistam lugar num bonde apertadíssimo, e sentem-se esfaldadas e completamente molhadas, mas de algum modo agradecidas ao destino que lhes deu um lugar naquele bonde.

Um homem chega-se demais para junto de uma comerciária, encosta a perna na sua perna, o joelho no seu joelho. Olha nos olhos a comerciária, que afasta os olhos aborrecida pela intrusão brutal. Enquanto o bonde se arrasta ela está pensando nos 14$500 que não tem para comprar aquele remédio, na amiguinha que ficou de ir no sábado e não foi, na necessidade de ir amanhã na casa do tio buscar o guarda-chuva que esqueceu lá no domingo. E o bonde se arrasta e pára, irritado, atrás de outros bondes também cheios, também molhados e lerdos.

Uma comerciária começa a tossir uma tosse tão incômoda e nervosa que alguns passageiros e passageiras olham; ela pára de tossir, começa outra vez, está mortificada pensando nos dois quarteirões e meio que terá de andar a pé do ponto do bonde até em casa. Sempre aqueles mesmos dois quarteirões e meio, a garagem suja, o açougue com a conta atrasada, o botequim cheio de negros e moscas, as mesmas imagens todo dia no caminho de casa e em casa...

6 e 23... Há comerciárias que chegaram em casa, outras que estão em bondes e ônibus, outras andam na rua sob a chuva, outras esperam enervadas, esperam. Cerca de dezoito em diferentes pontos da cidade estão com dor de dentes, sendo que doze estão com dor de dente insuportável e oito terão sinusite. Há algumas que são doentes, outras que foram noivas e não são mais, outras já ganharam 160 mil-réis e agora nesse emprego novo estão ganhando 110, outras que são feias e há dois anos e meio não são mais virgens, outras que moram em casa de uma família oriunda da mesma cidade do interior (Agudos), outras que não precisam dar nenhum dinheiro em casa e gastam tudo o que recebem em vestidos e bobagens, outras que roubam dos patrões, outras que

tinham marcado encontro com namorados e não foram, outras que estão engordando demais, outras que estão aborrecidas porque o rapaz, que é revisor de um jornal e que ficara de arranjar convite para o baile, não arranjou coisa alguma aquele chato, outras que sonham com aprender inglês e taquigrafia e jamais aprenderão nem isso nem qualquer outra coisa, e, embora sejam agora relativamente bonitas, morrerão feias e desagradáveis, velhas, em um futuro cinzento e frio. Para maior desespero há cinco ou oito ou mesmo treze que são felizes, são irritantemente felizes — mas não, mesmo as que estão com seus amados, nenhuma neste instante é feliz; eu me revolto contra o pensamento de que alguma possa ser feliz, mesmo as felizes terão doenças, tristes e cruas doenças que as torturarão, as pobres patetas!

7 e 20, a chuva aperta, a chuva aumenta. Que chova, que chova eternamente sobre esses telhados miseráveis, sobre essa cidade de cimento, sobre as ruas sujas. Chovendo quarenta dias e quarenta noites negras, as águas subirão pelas paredes, lamberão e engolirão os telhados pobres e subirão, e todas as comerciárias morrerão afogadas. As comerciárias, os cães hidrófobos, os cirurgiões-dentistas civis e militares, os corretores de imóveis, as cozinheiras de forno e fogão, todos os urbanos, todos os suburbanos. Eu tomarei a minha canoa, a minha velha canoa, e remarei com força. Eu remarei suando contra os ventos hidrófobos do quadrante sul, eu remarei entre os corpos já irreconhecíveis dos capitalistas italianos e dos trabalhadores rurais de Sergipe que estavam na Hospedaria dos Imigrantes, eu remarei,

eu remarei sob o céu que vomitará água em borbotões sobre os corpos das inspetoras sanitárias e dos fiéis de bancos estrangeiros, eu remarei, eu remarei ferozmente. Os peixes já terão morrido de infecção e eu não poderei pescar.

São Paulo, dezembro, 1941.

Papel Chamois
A arte de ler

Este livro foi composto na tipologia Stone Serif, em corpo 10,5/15, e impresso em papel Chamois Fine 80g/m² no Sistema Cameron da Divisão Gráfica da Distribuidora Record.